GW01451730

UNIVERSALE
ECONOMICA
FELTRINELLI

Opere di Stefano Benni in Feltrinelli:

NARRATIVA
*Terra!*
*Stranalandia* (con disegni di P. Cuniberti)
*Comici spaventati guerrieri*
*Il bar sotto il mare*
*Baol*
*La Compagnia dei Celestini*
*L'ultima lacrima*
*Elianto*
*Bar Sport*
*Bar Sport Duemila*
*Blues in sedici*
*Spiriti*
*Dottor Niù. Corsivi diabolici per tragedie evitabili*
*Saltatempo*
*Achille piè veloce*
*Margherita Dolcevita*
*La grammatica di Dio. Storie di solitudine e allegria*
*Pane e tempesta*
*Di tutte le ricchezze*
*Pantera* (con disegni di L. Ralli)
*Cari mostri*
*Prendiluna*
*Giura*
*L'ora più bella* (solo eBook)

POESIA
*Prima o poi l'amore arriva*
*Ballate*

TEATRO
*Teatro*
*Teatro 2*
*Teatro 3*
*Le Beatrici*

FUMETTI
*Fen il fenomeno* (con L. Ralli)

REAL CINEMA
*Misterioso. Viaggio nel silenzio di Thelonious Monk* (con U. Petrin)
*Le avventure del lupo. La storia quasi vera di Stefano Benni* (con E. Negroni)

STEFANO BENNI
# Comici
# spaventati
# guerrieri

© Giangiacomo Feltrinelli Editore Milano
Prima edizione ne "I Narratori" gennaio 1986
Prima edizione nell'"Universale Economica" maggio 1989
Trentottesima edizione giugno 2022

Stampa Elcograf S.p.a. – Stabilimento di Cles (TN)

ISBN 978-88-07-88538-9

**FSC**
www.fsc.org
**MISTO**
Carta
da fonti gestite in
maniera responsabile
**FSC® C115118**

**www.feltrinellieditore.it**
Libri in uscita, interviste, reading,
commenti e percorsi di lettura.
Aggiornamenti quotidiani

IL RAZZISMO
È UNA
BRUTTA STORIA.
razzismobruttastoria.net

## PERSONAGGI E INTERPRETI

| | |
|---|---|
| Lucio Lucertola | professore in pensione. |
| Lupetto | undici anni, suo scudiero. |
| Lee | il fantasma del kung-fu. |
| Lucia Libellula | regina del quartiere. |
| Rosa | sua amica del cuore. |
| Arturo l'Astice | amico di Lucio, capo della banda del Mexico Bar che comprende anche: |
| Elio l'Elefante | ex macellaio. |
| Giulio Giraffa | sfrattato. |
| Tarquinio Talpa | esperto di astronavi. |
| Alice | cassiera. |
| Bice e Atala | anziane biciclette. |
| Caruso | canarino. |
| Mottarello | venditore ambulante di elefanti. |
| Scognamiglio Coniglio | tremebondo amico di Lupetto. |
| Volpe | allenatore di calcio della Pro Patria Mori. |
| Giagnoni | stopper. |
| Gazzelli | terzino. |
| Franco il Formicone | boss del ramo alimentari. |
| Il Gallo | malavitosetto. |
| Pierina Porcospina | portinaia del ConDominio Bessico. |

| | |
|---|---|
| Giantorquato Topo | marito di Pierina. |
| Federì | figlio di Pierina. |
| Rambo Sandri | grande finanziere e condomino di Bessico. |
| La signora Varzi | la donna mascherata di Bessico. |
| Edgardo Zecca | commerciante e condomino di Bessico. |
| Strello | noto fotografo mondano e condomino di Bessico. |
| Il Lemure | misterioso condomino di Bessico. |
| Quelli della Videostar | noti cinematografari condomini di Bessico. |
| Il commissario Porzio | intellettuale e uomo d'ordine. |
| Il solido Olla | agente di polizia. |
| Mancuso, Lo Pepe, Pinotti | altri agenti di polizia. |
| Carlo Camaleonte detto Nemeček | giornalista del quotidiano *Il Democratico*. |
| Il Frenatore Capo | capufficio di Camaleonte. |
| Bruna la Balena | regina della vita notturna. |
| Giorgio | gorilla. |
| Cinzia la Cicogna | infermiera del policlinico Santedvige. |
| Oreste l'Orso | infermiere del Santedvige. |
| Il dottor Gilberto Gufo | primario del Santedvige. |
| Sergio la Sogliola | degente del Santedvige. |
| Ciccio Cornacchia | sindaco molto chiacchierato. |
| Elly e Asty | teppisti. |
| Brum e Bunt di Becoda | extraterrestri. |

e con la partecipazione straordinaria di Giosuè Carducci,
Virgilio Marone e del cane Bronzon.

Il paesaggio era molto diverso dal nostro. In agglomerati di abitazioni chiamati città vivevano milioni di uomini dentro case altissime e uguali. Nell'era detta del Vecchio con la Caffettiera (dal nome del più antico reperto trovato) risulta che esse fossero più densamente abitate nelle zone dell'anello esterno, le cosiddette periferie. Frammenti di un libro dell'epoca così descrivono queste grandi costruzioni: "Se le si osserva con attenzione, c'è in ognuna di esse una riga sottile che le percorre. Un presagio di quello che sarà. Di come la maceria si ritaglierà."

# PRELUDIO

Lucio Lucertola festeggiò il suo settantesimo compleanno svegliandosi. Riteneva questo un fondamentale segreto
della vita: svegliarsi e addormentarsi un numero di volte
esattamente uguale. Se ci si sveglia anche solo una volta in
meno non si recupera più, si sputa la pallina, consummatum
est, diceva Lucio che era stato professore di latino e italiano,
ed era inoltre Curioso in altre scienze, le naturali le filosofiche le zoologiche (in particolare i batteri), la botanica
urbana, i cinesi, il concetto di inizio finale. Lucio Lucertola
sorge dal letto faticosamente, con una protesta rumorosa di
tutte le ossa. Un canto melodioso e trionfale lo accompagna.
Le stesse cellule senza scrupoli che riempiono di ghiaia
arterie e articolazioni del vecchio Lucio, animano il risveglio
entusiasta del suo giovane canarino. In un bicchiere sul
comodino Lucio ritrova il sorriso da cui si è separato per una
notte. Con un colpo di pettine lusinga i trenta capelli superstiti, quindi eroicamente piscia. Ci fu un tempo lontano
in cui doveva prendere ogni precauzione perché il dorato
arcobaleno non imbizzarrisse e bagnasse ovunque nei dintorni. Ora, proteso sul bianco dell'abisso, sta attento che
maligne gocce perpendicolari non gli condiscano le pantofole. Tam citus prosilit, nunc prolapsa prostata. Ama

comporre versi, il mattino. Si infila gli occhiali. Si avvicina alla tenda della finestra, la squarcia. Appare al mondo, e il mondo gli appare.

Lucio Lucertola sta ora sospeso trenta metri sulla crosta terrestre, in un terrazzo aggrappato alla parete nord del Monte Tre nella catena dei Periferici, i cui seimila appartamenti si snodano con il loro carico di malinconie pensili dal quartiere Fagiolo a est al passo dei Quattro Benzinai a ovest. Il quartiere che Lucio sta esaminando in veduta aerea deve il suo nome al fiume Fagiolo, così chiamato per la purezza delle sue acque, le quali ricordano appunto la minestra che si ottiene strangolando detto legume. Questo fiume, ormai ridotto a rigagnolo, non ha altro compito se non di accogliere con pazienza lo sfregio delle spazzature, spargere ogni tanto all'intorno maestralate di fogna e ospitare qualche rana che finisce poi spalmata sull'asfalto dalle auto degli indigeni. Vi si pescano orrendi pesci bitorzoluti con occhi sbarrati che sembran dire: grazie di averci portato via di lì.

Oggi (luglio, estate) il quartiere è deserto. Sporgendosi giù, come nel dipinto cinese ove un uomo sul ponte guarda nell'altro mondo acquatico una carpa, Lucio scopre ben pochi animali aggirarsi nell'afa del mattino. Due cani randagi della specie salcicciometiccio, uno scarabeo stercorario che spinge davanti a sé un gran carretto di cartoni, un lavatore solitario di macchina, un Mottarello ambulante, negretto commerciante nel ramo elefantini di legno. Più lontano, su una panchina dei giardinetti Kennedy, un vecchio è sdraiato per un riposo non si sa se meridiano o eterno.

Il terrazzino di Lucio Lucertola è un regolare terrazzino da periferia con un basilico giallo e un canarino verde (mutazioni da inquinamento). Nel terrazzo sono in mostra diversi splendidi esempi di geranio condominiale, fiore che adeguatamente biberonato fin dalla nascita da un condomino amoroso arricchisce terrazze e giardini delle nostre cinture urbane. Su questi muri, d'inverno, la tramontana e il grecale gonfiano il petalo ruvido della Magliadilana, e d'estate mazzi di Mutande ingentiliscono il paesaggio. Su questi muri l'affetto per i gerani ha disegnato un lungo percorso verticale di lacrime: poiché si sa che in questi palazzi ognuno annaffia non i suoi gerani, ma quelli del piano di sotto.

Il piano del Reame di Lucio è l'undicesimo e penultimo. Nemmeno gli uccelli arrivano fin quassù. Solo qualche formica chiodata, o tegenaria parietina, ragno resistente come uno sherpa, si avventura talvolta sulle sue pareti: ma quasi mai arriva alla cima, là dove il vento si perde tra i labirinti dei lenzuoli e sbatte le antenne con rumore di scheletri. Talvolta per il caldo un moscone impazzito entra rombando nella casa di Lucio e si schianta rovinosamente contro un muro. Lucio prende i rottami aerei e li consegna in pasto al canarino. Non c'è tempo per piangere, come dice Dean Martin, e Lucio che vive da anni su queste altitudini lo sa bene. Ora dal terrazzo il suo sguardo effettua una lunga carrellata sui monti Quattro e Cinque ove altri Luci su terrazze lontane intrecciano carrellate analoghe, e ne sorprende due in pigiama a righe, come galeotti. Con gli occhi scende poi al ghirigoro di strade che collega i monti Periferici alla Grande Arteria e da lì al Cuore della Città, al fulgore dei suoi acquari ove nuotano branchi di scarpe, alla maestà dei vetri antiproiettile delle sue banche, ai suoi boleri di clacson.

"Tanti auguri a me," sospira Lucio, e ritorna all'interno dei quaranta metri quadri ove è re. Anche se ogni giorno i suoi gesti sono pesanti, sempre più pesanti, egli coraggiosamente solleva una moca da caffè e la depone sul fuoco. Si siede fissando i serpentelli azzurri del gas che hanno tuttora il potere di ammaliarlo. La moca è una creatura strana col naso a punta. A differenza degli umani che lo fanno se raffreddati, essa fa uscire gocce dal naso una volta riscaldata.

Questa stupefacente reazione è accompagnata da un borborigmo e dalla fuoriuscita di una bevanda corroborante di cui Lucio fa largo uso perché ha la pressione bassissima, un allenamento all'exitus.

Poi Lucio si guarda attorno. Da tempo ormai non vede più le cose, ma di ogni cosa ha un ricordo. Guarda il cuscino ma non lo vede, vede una testa su quel cuscino. Guarda una poltrona e vede un gatto, un libro è un amico e così via.

"Non puoi continuare così, Lucio," dice il canarino Caruso con cinguettio flebile (quando non canta si risparmia).

"Infatti non continuerà," dice Lucio. "Perché io, Lucertola, sono uno degli animali più vecchi della terra, erede dei grandi rettili e delle creature del mare, sono un'aragosta preistorica in armatura medioevale, un trilobite, ho quattro milioni di anni. Un giorno gli archeologi, si spera del nostro pianeta, mi troveranno incastonato nel cemento di questi palazzi, un pensionato con caffettiera in mano, come un guerriero con la lancia. E dunque ho ben ragione di essere più stanco di te, o giovane verde amico che vivi pochi mesi cibandoti di precipitati. A volte anch'io mi sento come un insetto, dentro una bacheca di vetro e sotto il cartellino: Lucio, vecchio."

Non parlare da solo.

Il canarino ammutolisce. La solitudine fa ora vagare Lucio Lucertola come un pesce rosso nel globo dei suoi quaranta metri quadri. Guarda dentro la tazza, nelle tenebre del caffè. Si siede a pensare. Milioni di anni fa sulla terra non si respirava. Poi alcuni batteri piano piano cominciarono. Inspirare, espirare. Dapprima lento, poi tutto il mondo fu pieno di quel rumore. Ora anche il palazzo respira piano: ed esso sopravviverà, grande cellula amortale, alle brevi vite dei condomini. Ci pensi, Caruso?

"Dopo ogni pasto," risponde quello.

Lucio Lucertola sbadiglia e ritorna sul terrazzo. Il suo sguardo corre a nord verso il Reame del Progresso, la grande Zona Industriale. Vede ergersi castelli di Concessionarie imbandierate che espongono splendidi modelli di Fiat Porcellino e Fiat Tartaruga. Su nuovi monti in costruzione domina un gigantesco gruosauro giallo. Più in là cataste di auto demolite, campi da calcio deserti come cimiteri e poi in strade diritte e polverose i capannoni delle Grandi Famiglie: la famiglia Infissi, la famiglia Catrami, i Profilati, i Corrieri, i Ricambi, gli Ondulati. E in stradine laterali le loro società segrete: la Sicam la Sidal la Sicra la Cedar, nomi che nascondono chissà quali segreti e brevetti e forse sudore e disoccupazione ma in stradine laterali appunto, lontano dalla grande trionfale Arteria del Progresso. Su cui ora corrono incanalate diverse Fiat Porcellino e Fiat Pecorina e Lancia Millepiedi, quasi le ultime rimaste in città verso il refrigerio delle vacanze intelligenti le spiagge ridenti le acque fetenti i votacanzoni i cantaraggiri le camere con vista sulle camere con vista, i densing gli ombrelloni le pizze i gamberoni presi seicento metri sotto il mar del Giappone surgelati trasportati sgelati comprati rigelati cucinati ingoiati digeriti cagati e così al mar tornati e il mondo continua e l'elicottero della Polstrada sorveglia perché continui con i soliti incidenti.

"E noi invece resteremo qui tutt'estate con un canarino verde e un basilico giallo," sospira Lucio.

"Non l'ho chiesto io di starci," protesta il canarino.

Anche questo è vero.

"Vuole che le canti qualcosa?"

"*Apro per te il mio cuor* dal Sansone e Dalila," dice Lucio.

"Pronti," dice il canarino, e come fosse niente intona.

Lucio Lucertola però diventa ancora più triste.

"Smetto prima che si ammazzi?" chiede il pennuto.

"Va' avanti, Caruso. Al tuo canto mi sovviene della mia giovinezza e, chissà perché, della scuola dove insegnai. Come vorrei ora ritornare là, rivedere i cari volti varicellosi, gli sguardi gallinacei, risentire lo scricchiolio dei banchi, i balbettii di giustificazione, il terrore che scorre lungo l'alfabeto mentre scelgo sul registro chi interrogherò. E poi i massacri della sintassi e il mostruoso dilatarsi dei perimetri, e gli ululati di gioia al suono della campanella e leggere sui muri dei cessi i capolavori della metrica segaiola. Sì, vorrei tornare indietro."

"Io no," dice il canarino. Un uovo è più stretto di una gabbia.

Se avessi vent'anni, pensa Lucertola, sarei come Leone, Leone l'allegro, mio allievo preferito. Amante anche lui dei batteri e del concetto di inizio finale. Uscirei criniera al vento. Per andare dove? Il professore ora ricorda che su quel campo lontano, là nella pianura tra i Profilati e la Piscina Secca, c'è gente, si muovono maglie rosse e gialle, c'è la finale del torneo estivo Calcicaldi, e Leone certo partecipa (è un campione di palla-al-piede). In questo preciso momento si starà preparando alla gara. Batte il cuore di Leone, batte quello del professore che vorrebbe essere al campo pure lui. Guarda giù nel precipizio e vede in strada un bambino bruno, con un pallone bianco.

Quello sono io, pensa Lucio, e tra poco sarò là.

E ci sta andando davvero, là da Leone, il bambino, che si chiama Luca detto Lupetto. Lupetto ha undici anni, i capelli alla Giovanna d'Arco, vestiti un po' sghembi e una riga di necrologio sulle unghie. Porta al fianco un pallone bianco di modello Zico che ogni tanto fa rimbombalzare nel silenzio del pomeriggio. A questo suono subito sbucano dalle finestre parti superiori di omacci irati urlando:

"Proprio qua devi venire a giocare?"

Da ciò Lupetto ha derivato una personale mappa del mondo. Un gigantesco unico continente, il Proprioquà, terra degli Uomini Sporgenti, da cui lui è escluso e da cui in eterno deve fuggire verso una piccola isola, il Quisipuò, dove forse non arriverà mai.

Lupetto cammina lento facendo battere il pallone con ritmo desultorio e rado, mentre va a prendere l'amico Scognamiglio il Coniglio con cui andrà a vedere la partita di Leone. Perché nessuno finta e dribbla come Leone l'allegro, nessuno salta di testa come lui e quando sarà grande Lupetto sarà prima come Leone, poi come Platini, poi si vedrà.

Cammina Lupetto nel bassopiano del Monte Tre. Dalle finestre aperte dei pianterreni gli giungono voci radiotelevisive annuncianti che il governo ha al varo misure e l'Inter rischia grosso a Bergamo. Lupetto e Zico passano, guardano

17

e rubano deliziose scenette di intimità familiare. Sono le due del pomeriggio e tutti sono rigorosamente trincerati in casa a recuperare sali e schiantare proteine. Potete perciò vedere qua un anziano divoratore di pollo freddo, là un vampiro di cocomeri, qua tre bambini con un occhio ai cartoni giapponesi e l'altro ai maccheroni nostrani, là una bella Elena con mela. Ecco in un ammezzato due vecchiette misteriosamente venute in possesso di una pizza, immobili con fili di mozzarella sospesi alle forchette, incerte se farne cibo o maglioni. Più in là un uomo in canottiera con un orecchio ascolta quanto grosso rischia l'Inter e nell'altro infila arditamente un anulare. E proseguendo vediamo deschi strapieni o frugali, divani merdicolori, colossali televisori oscillanti su piedini di ragno, lampadari e lampadarie, e quadri raffiguranti dolomiti, pagliacci tristi, marine fosforescenti, mangiatori di fagioli, e sui muri sugheri barometri pendole cucù biblioteche ciclopedie, cagnetti in questua ai piedi del tavolo e gatti beffardi sui davanzali. E sentiamo odori di salse e cadaveri arrosto e reliquie bollite e salme in salmì e polpette riciclate, e cozzare di forchette, ruttini implosi, barriti, cincin, porchemadonne, se non lo vuoi lascialo lì, richiami a Corinne inappetenti e Tommasi coi gomiti sul tavolo e Sergi sbrodoloni e dodecacofonia da sparecchiamento mentre la radio ribadisce i vari le misure i rischi dell'Inter e l'ultima canzone dei durandùràni complesso inglese conosciuto in tutto il Proprioquà.

Così Lupetto giunge fino all'appartamento della famiglia Coniglio. Il babbo lo si può vedere alla finestra, incastonato nella poltrona, un Buddha in mutande aureolato da mosche. Attualmente sta sparando proiettili di telecomando su uno schermo in burrasca.

"C'è Coniglio?" chiede Lupetto al Buddha.

"Sì, c'è. Perché?"

Se fosse il professor Lucio, Lupetto potrebbe dire che intere generazioni di filosofi non hanno saputo render conto della presenza dell'uomo sulla terra. Invece Lupetto risponde:

"Perché dobbiamo andare a vedere la partita..."

Il Buddha è contrariato, ma turbato da una concomitanza di varie pubblicità nel suo universo masmediatico, ritorna al posto di contraerea, e ne approfitta il Coniglio per apparire in tutta la sua codardia all'angolo della strada, e sussurrare:

"Pssst... sono qua... sono uscito di nascosto... andiamo via!"

E così i nostri più pallone imboccano la strada che va verso il Regno degli Impianti Sportivi, e lo fanno correndo in giovanile entusiasmo. Corrono corrono attraverso giardinetti desolati e piazzole di distributori chiusi, con pompe simili a turisti marziani nella città deserta. Ogni tanto si lanciano il pallone con garrule grida, oggi è domenica e non c'è rischio di vigili o cani mangiapalloni. Sull'asfalto brillano diamanti di parabrezza rotto. Così vanno, quando vedono improvvisamente sull'asfalto un gatto morto schiacciato, una cotoletta di gatto.

Coniglio lancia un grido e si allontana. Lupetto si ferma a guardare.

"Si vede che era malato. I gatti non vanno mai sotto le macchine," dice.

"Vieni via di lì."

"Si vede che era malato, che era la sua ora," insiste Lupetto, ma Coniglio si chiude le lunghe orecchie e non vuole sentire né vedere. Ormai però il pomeriggio è divenuto inquieto. Come quando si alza la testa e ci si accorge all'improvviso che si è soli.

Tutto finisce, pensa Lupetto. Cambiano le formazioni di calcio e le targhette sui campanelli del condominio. I babbi imbiancano, le mamme ossigenano. Anche Stanlio è morto.

Coniglio invece è sicuro che nessuno muore davvero.

"Cosa vuoi saperne, Coniglio?"

"Sei mai morto tu?"

"No."

"E allora cosa vuoi saperne?"

Lupetto non è convinto. Ora si siedono sul bordo di un marciapiede a guardare un lavatore solitario di macchina. Un cane salcicciometiccio transita e si ferma a esaminarli. C'è un cordiale scambio di sbadigli. Poi il cane inizia a grattarsi la testa spargendo nell'aria un notevole campionario di dermatozoi. A sua volta Coniglio si dà alla sua operazione preferita, le dita nel naso. Lupetto è ancora una volta strabiliato dalla quantità di quarzi, scisti e resine che vengono estratti dalla miniera nasale dell'amico. Confrontandoli con i suoi pochi ritrovamenti, ha pensato per qualche tempo di essere anomalo.

"Professor Lucio," vorrebbe chiedere, "forse perché coniglio è figlio di commercialista, quindi più ricco di me, il suo naso contiene tali tesori?"

"No," risponde Lucio Lucertola, "anzi il naso dei ricchi è del tutto privo di questi materiali, ed essi non ci infilano le dita perché lo troverebbero vuoto e liscio, come foderato di moquette. Solo i poveri e gli adenoidei possiedono tali giacimenti, e contemperando Coniglio il secondo requisito, ecco il perché delle stalattiti con cui ti umilia. Ma non devi per questo sentirti diminuito."

Sarà. Intanto Coniglio ha estratto da una narice uno strepitoso alieno verde. Lupetto tenta un'ultima soluzione all'aporia della fine del gatto.

"Forse," dice, "si è ammazzato. Si è buttato lui sotto la macchina."

"E perché?"

"Perché era vecchio e malato."

Tre chilometri più in là, in alto, Lucio Lucertola scuote la testa.

"Non ne voglio più parlare," dice Coniglio, prende il pallone e corre via.

Incontrano un bruto che li trova bruttini e decide di risparmiare la fatica. Incontrano un uomo che parla da solo. Incontrano alcuni cani randagi del tipo Rasoterrier, Stronzhound, Botulus Lutulus e Involtino di Pomerania. Incontrano un signore con cocker e fanno finta di lasciarsi sfuggire il pallone per vedere se cade nella trappola.

Ci cade il fesso, e si esibisce in una serie di maldestri palleggi che lo lasciano esausto e orgoglioso, indi restituisce il pallone ai ragazzi con un aborto di pedata.

"È più forte di loro," commenta Lupetto.

Sono così giunti davanti all'entrata del campo sportivo Pro Patria Mori. I giocatori si stanno scaldando, rossi e gialli come abbiamo già visto dall'alto. Ma Leone non c'è. Non c'è il suo motorino tra i destrieri del parcheggio, e neanche la bicicletta di Lucia, ragazza di Leone, quella con i capelli color nero-non-ci-vedo-più-tanto-mi-piaci, amore segreto ma non troppo di diciassette tra cui Lupetto.

"Perché Leone non gioca?"

"Non è arrivato. Non capisco, è la prima volta che manca," dice l'allenatore di nome Volpe, di professione parrucchiere.

"Non c'è neanche Rosa," aggiunge con un sorriso peccaminoso il Coniglio.

Si siedono sulle gradinate sotto due che limonano e si baciano bocca a bocca in apnea e guardan la partita lui con l'occhio destro lei con il sinistro.

Lupetto si sente così triste che non urla neanche niente all'arbitro quando entra in campo.

Vorrebbe essere Lucia per sapere dov'è finito Leone l'allegro.

Il sole si è spostato apparentemente senza fatica e ora picchia sopra la parete del Monte Tre lasciando in ombra il Monte Quattro, ove in sessanta metri quadri abitano la madre e la sorella di Lucia Libellula. Lucia vive invece sola, con un gatto e uno sfratto, in una soffitta vicino alla fabbrica dove lavora. Alla madre non piace che viva sola, non piace che stia con Leone, non piace quel pomeriggio silenzioso, non piace lo sguardo tranquillo della figlia venuta a trovarla.

"Non è arrivato oggi, il tuo Leone?"

Parla rassegnata dalla poltrona cui appartiene ormai da dieci anni. Le rose della fodera e i fiori misti della vestaglia si fondono in un unico motivo. Di là l'altra figlia Lucinda ascolta i duranduràni e inscrive esagoni. Ha quattordici anni, è vergine, ma lo nega. Le è attribuito un flirt con tale Gaetano batterista.

"Lucia," dice la madre, "tu vuoi fare sempre di testa tua. Avevi un bel lavoro pronto da tuo zio. Lucia per te è tutto politica. Lucia tu occupi le case che non sono tue. Tua sorella è più tranquilla. Lucia sei sciupata. Lucia non so perché stai sempre seduta in terra le sedie non esistono un giorno ti si gonfieranno anche a te le gambe. Lucia non c'hai un soldo da parte domani facciamo le corna dovesse succedere qualcosa. Lucia quel ragazzo è strano. È sempre allegro, perché? Che cos'ha da essere allegro?"

È vero, pensa Lucia, e sorride, Leone è sempre allegro, scandalosamente allegro.

Mamma Libellula non capisce. Non vede più il mondo, per non vederlo meglio sta a testa in giù e ricama centrini. In tutta la casa c'è ormai un centrino infilato sotto ogni oggetto decorativo o produttivo. Anche lei amerebbe, a volte, poter accogliere i visitatori ferma su un centrino portamamma, se non fosse che non ama stare in piedi. La casa era così per bene una volta, poi il marito morto di un brutto male (quali sono i belli?), poi quella figlia così indipendente, l'altra musicofila. Nessuno che la sta ad ascoltare. Alla Messa sempre la stessa gente. Aveva sognato, un giorno, di aprire per Lucia il grande armadio in fondo alla sala, l'armadio che custodisce un Servizio Buono da tavola color bianco e salmone, un monumento alla tradizione dei matrimoni perbene con i confetti col tutù, le zie col cappello da bersagliere, gli zuccherotti e i zigalini. Ogni tanto ancora estrae il servizio pezzo per pezzo e lo spolvera. Più di duecento portentosi pezzi tra cui zuppiere, insalatiere, zamponiere, fromaggere, acquasantiere, piatti di portata lunghi come spiagge su cui sdraiare cibarie, altri tutti dipinti così che ogni fetta di torta disveli un folgorante squarcio d'arte, e portasali e portapepi e posate da carne pesce dolce lumaca kakakiri e a chi andranno mai, chi li userà per quanto si debba usarli il meno possibile ma tenerli chiusi sia chiaro. Ahimè Lucinda mangia hamburger con le mani e Lucia non si sposerà. Lucia non avrà mai una casa né un armadio né portamaionese forse nemmeno maionese. Finirà tra piatti di carta in case occupate senza riscaldamento con giovani bruciati. Lucia tuo zio c'ha quella bella impresa di vigilanza. Tuo cugino così serio con la Fiat Tartaruga lui sì che non è mai allegro. Tuo padre...

Lucia guarda fuori dalla finestra, ascolta il lamento materno con sottofondo lontano di rock sororale. Quando sente la voce della madre incrinarsi, allora le si avvicina e la abbraccia. Non posso cambiare mamma, mi dispiace. È tutto quello che ho. E come lo chiami? Dignità, la chiamo. Dignità? Con i piatti di carta? Povera Lucia, tutti ti vogliono bene. Se solo tu fossi più... se solo tu fossi più...

Entra Lucinda coda-di-volpe suonando una chitarra immaginaria davanti a centomila Gaetani impazziti.

La pendola suona le sette. Leone dov'è?

Alle sette è già notte nella clinica, già ti danno da mangiare. Lee il drago sta sul letto a occhi chiusi. Lee è un'ombra che scivola in un paesaggio profondo. Là è discesa ogni cosa della giornata, ed ora egli la esplora come una nave affondata, un relitto secolare. Nessuna luce arriva laggiù, né quella delle lampade né il bianco dei lenzuoli, dei camici, dei volti dei malati. Nessuna. Stira le gambe, inquieto.

Un infermiere lo osserva, sospettoso. Quando sta immobile così a lungo, dopo esplode. Sul letto vicino un giovane barbuto canta una nenia. Un altro parla delle opere di papa Giovanni. Un altro si masturba lentamente, osservando l'operazione con lo scrupolo di un esperimento scientifico. Arriva Rocco Mastino, capo infermiere. Guarda con fastidio la scena.

"Lo lasciamo fare?"

"Lasciamolo fare. Ma occhio a Lee."

Alle sette e mezza arriva il medico appena uscito da un cinema di prima visione con la seconda moglie, odora di dopobarba: tutti sintomi di normalità che spande generosamente intorno a sé.

"Come andiamo?"

"Lee è troppo calmo," dice Rocco Mastino, "quando fa così dopo sono guai."

Il medico si avvicina al corpo del ragazzo. Sul braccio, a decine, i fori delle flebo. Sopporta dosi che addormenterebbero un cavallo. È come se bruciasse, quando ha le crisi. In questo caso, non basta il tè per tenerlo buono, cari colleghi democratici. Tutto ciò che ho da dirvi, è: studiamolo in fretta perché non durerà molto.

"Come va?"

Lee apre gli occhi e sorride.

"È ora di mangiare, Lee, cosa ne dici?".

Di colpo vengono accese le luci per la notte. Lee si alza, senza guardare nessuno, cammina nel lungo corridoio. Si arrampica sul muro, fino alla vetrata più alta.

"Lee, non si può!" grida l'infermiere.

Il medico fa cenno di lasciar fare. È l'ora in cui l'odore della minestra si mescola a quello delle medicine e i pazienti si inchinano alla normalità delle Sante Polpette, alla comune masticazione, allo stimolo che tutti ci unisce, seppure in orari diversi e con diverse aspettative e contro-indicazioni.

Lee arrampicato, un braccio attaccato al bordo superiore della finestra come una scimmia, guarda la città che si stende sotto l'ospedale, cerca di riconoscere le strade dove ha camminato fino a qualche anno prima. Ma sono molte le città che si confondono, ecco allora quella strada è una strada di poeti a diciott'anni con lo zaino sulle spalle e quelle sono le strade del sud in cui sognò un suicidio dagli scogli, un volo al rallentatore, e quella con i grandi alberi immobili è la strada della caserma, incubi da polmonite, e là, sotto le torri rosse, la strada dove tutto si è incendiato un giorno di marzo ma il tempo era invernale e un manichino bruciava fuori da un negozio di abiti da sposa e siamo corsi a spegnerlo urlando è un compagno, è un compagno, e dopo ci veniva da ridere e non si sapeva se ridere o ingoiare fumo o scappare, come quel giorno nell'ospedale tra i giardini di rose ben curati e per tre volte sei scappato e ora credono di averti preso con botte e buio e Lobotoprazenex.

"Lee adesso basta, scendi," dice il medico, che sottolinea la sua appartenenza all'ordine toccando tutte e cinque le biro che ha nel taschino.

Lee non scende. Comincia a piangere. Piange sempre prima di sapere il perché. Due pazienti si avvicinano, uno ha la faccia da rana ridente, l'altro indica Lee all'infermiere con un gesto imponente di approvazione, come se indicasse un affresco sul soffitto. Un urlo dall'altro reparto, rumore di vetri rotti. Lee trema.

"Vado a chiamare gli altri," dice Rocco.

"Aspetta," dice il medico. Accende una sigaretta. Guarda in alto quel corpo sospeso nel vuoto. Lee continua a dondolare.

Anni fa il suo più caro amico si chiamava Leone, magro, grande criniera. Avevano tutti e due perso la testa per una ragazza di nome Lucia. All'inizio lei aveva preferito Lee e il suo mistero. Poi aveva scelto Leone e la sua ancora più misteriosa allegria. Lee aveva odiato Leone tutta una notte, e pensato come ucciderlo. La mattina si era svegliato felice per quell'amore. Questa era una delle ragioni per cui avevano cominciato a crederlo pazzo. Sotto i portici dell'università una sera faceva un freddo becco, pioveva e loro dentro una cabina telefonica, ribattezzata funivia Allais, guardando le finestre inventarono una legge che permetteva a tutti di entrare nelle case di tutti senza che nessuno protestasse o si stupisse. La chiamarono Decreto di Beatificazione dell'Intruso o anche Legge della Sintropia della Visitazione Notturna. Anche in strada si potrebbe vivere, ma il freddo? Fragili tonsille rivoluzionarie. Hai visto come certi vecchi barboni riescono a coprirsi con i giornali? Sembrano statuine del presepe incartate. Mai fatto il presepe? Bugiardo.

Venne la polizia. In quella zona allora succedeva spesso. Chiesero i documenti. Liviano detto Lee ti conosciamo: quello che picchia, quello della lotta cinese, beh ti gonfiamo noi la faccia e ti verranno davvero gli occhi come un cinese. Provaci, disse lui come faceva sempre, perché non si aspetta nei sogni, e Leone lo teneva fermo e Lucia gridava e non poteva finire altrimenti che così Lee, perché chiami troppe cose ingiustizia ma la vita è normalmente ingiustizia scendi giù Lee, dài scendi, no, troppe cose succedono nei sogni e subito e troppo poche sulla terra, e allora perché i sogni, perché brucio quassù e voglio ascoltare, così parlano gli oggetti nei bordi consumati, nella patina del tempo, così la gente arrivò lungo i binari il treno era saltato in aria ma loro era come se chiedessero scusa, riportateci a casa per favore, con la valigia rotta e una buffa striscia di sangue sul naso, Lee non fare l'eroe: torna a casa con noi, scendi.

"Scendi porcodio Lee o ti tiriamo giù con l'acqua gelata."

Non tornerete a casa, amici. Vi aspettano i loro cancelli, le loro prigioni speciali, le loro normalissime armi, le loro banche di vetro nero, fondali di fango, nessuna traccia di vita, non è vita, chi ha detto che bisogna salvarsi ad ogni costo?

"Chiamate gli altri!"

Mi rimane solo questo, maestro, questa dignità che è così poca ma basta a fare abbassare il loro sguardo, e questa è la strada, maestro, in cui io non trovai alla fine la mitezza che tu insegnavi. E chi difenderà ora le offese fatte a chi non può difendersi, e l'ordine al soldato impaurito e il dolore cancellato o deriso, porci servi di servi assassini ogni volta che siete cinici e parlate di realismo e siete egoisti e lo chiamerete buonsenso e grondate indignazione per i crimini altrui mentre ogni giorno preparate i vostri con cura, grazie dio perché uccido e non sento più nulla, ma io sento tutto e così ecco la mia strada buia, allora a me sì ma a Leone no, non dovevate farlo e neanche a Lucia, non vedete la crepa nel muro, le figure nella polvere, non si può sopportare tutto questo, dio dio come sei lontano da me, dio, non si può uccidere una persona così, questo cambia il mondo per sempre.

"Scendi Lee o ti tiriamo giù a fucilate porcodio!"

E Lee scese e piangeva perché aveva capito cosa lo

turbava quel giorno e la notte prima, scese e si sdraiò sul letto e piangeva. Non sentì nemmeno l'ago della flebo entrare e tutto il dolore del mondo era meno di quello che aveva sentito, e cioè che proprio in quel momento il suo amico Leone era morto, era morto ammazzato.

Il ConDominio signorile Bessico è un palazzo al termine della via omonima in leggera salita, diviso dal mondo da un ferocissimo cancello con fotoelettriche, da cui si va per una stradina nocciolata, attraverso un giardino alquanto sintetico verso alcuni gagliardi garage. Alto cinque piani, blindato con infissi di acciaio e corazzato da candide mattonelle, il ConDominio somiglia a un enorme cesso, o a Fort Alamo, o sintetizzando a un diurno antiatomico. Quivi si dirigono le pantere della polizia, una delle quali recante in groppa il commissario Porzio, un bell'uomo malgrado folti peli nel naso. Pilotato dall'esperto guidapantere Mancuso, il commissario giunge sulla scena agitato da un pensiero (che riveleremo dopo) e la scena gli si rivela subito fitta di personaggi.

Anzitutto un ragazzo con lunghi capelli fulvi, riverso sul prato a pancia in giù gambe divaricate, la testa scoppiata per una fucilata. Intorno gli addetti prendono misure. Un fotografo in giacca a vento scatta rullini svogliati. C'è anche un giornalista (faccia nota), con gilet arancione e taccuino regalo di un convegno elettronico. La scena è inoltre osservata da circa ottanta occhi di civili. Citeremo solo i più significativi. Dall'alto in basso (cioè dal quarto piano) sono affacciati i componenti della Videostar produzioni cinematografiche, ditta quanto mai misteriosa nei capitali, nei fini sociali e nelle produzioni effettive. Trattasi di sei occhi assonnati in quanto nel loro ambiente si vive per lo più nella luce artificiale.

Al terzo piano ecco la signora Varzi proprietaria di negozi di abbagliamento, sorpresa dall'evento a metà dell'opera quotidiana di restauro, e perciò con metà faccia coperta da una maschera di bellezza al cetriolo e l'altra metà appena abbozzata di rimmel. La signora, abbastanza somigliante a Bette Davis da giovane (le ultime due parole sono un'aggiunta della signora), è intenta a osservare la scena con l'unico occhio non cetriolato.

Al secondo piano il Lemure, direttore di banca dagli enormi occhiali che non vuole entrarci né essere visto né esistere e sparisce infatti all'apparire del commissario.

Al primo piano riflettono la scena gli occhiali a specchio di Paolo Pipistrello, fotografo baffuto scemergente nella vita notturna cittadina. Indossa una vistosa vestaglia color scorfano e sorride poiché nel suo mondo si usa sorridere quando si è in compagnia: si sporge pieno di charme e chiede alla Varzi:

"Cos'è accaduto?"

"Un morto."

"Oh la la."

E torna a dormire.

Al primo piano il signor Edgardo Zecca commerciante con la moglie il figlio il cane visti da dietro alla finestra tutti col loro bravo sederino imbottito, tutti assai preoccupati. Edgardo perché teme l'autorità in tutte le sue forme, vigili, poliziotti, parroci, bigliettai, la moglie perché ha l'esaurimento nervoso, non tollera i rumori e lo sparo le ha lanciato in pista una tachicardia a centotrenta il minuto. Il figlio perché in queste circostanze normalmente lo menano, il cane perché se non menano il figlio menano lui. Scendendo al pianterreno ecco Pierina Porcospina portinaia con il figlio Parsifal Federico della Palestra Forti Belli e Integrali, tutti e due attualmente al vaglio degli inquirenti. La Pierina è stata sbalzata fuori dalla carlinga ove comanda i servosistemi del ConDominio a metà di un bollito, ancora col grembiule di ordinanza. Federì, che si stava facendo la barba, è ancora mentolato.

Last but not least, balzato giù dal primo piano armato di pistola ecco Rambo Tre, il noto uomo d'affari cittadino cavalier Sandri. La sua voce irosa copre tutte le altre, mentre dà ordini e fuma e maledice e guarda il cadavere come se volesse bruciarlo all'istante. Ai suoi fianchi urlicchiano i figli Rambo Quattro e Rambo Cinque.

Pensoso al centro della scena sta il commissario Porzio, di cui più avanti descriveremo vizi e virtù. Il colpo, dice il dottore Della Scientifica, è stato sparato da un terrazzo del ConDominio con un fucile da caccia grossa. Il commissario esamina la borsa di indumenti sportivi della vittima e pensa tormentosamente. Sveliamo il mistero: il pensiero che lo tormenta è: "quattro verticale, fiume dell'Eritrea, cinque lettere". Ebbene sì: il commissario stava facendo le Crociate quando lo hanno chiamato. Con questo non vogliamo dire che egli non sia professionalmente partecipe agli eventi, tutt'altro. Però, malgrado tutti i suoi sforzi, il fiume continua a scorrergli nella testa con fragore.

"State facendo perquisizioni?" chiede il giornalista.

"Sissignore," risponde il commissario.

"E da dove cominciate?"

Essendo verticale dall'alto. Cinque piani col pianterreno, il nome dell'assassino comincia con M. È negro.

Il sole declina spedito per non deludere l'attesa che lo vuole tramontato alle otto. Alla stessa ora Lucio Lucertola sta leggendo il suo poeta preferito, Lucia ha paura, Lupetto sta tornando a casa. E Leone se ne va sull'ambulanza morto, Leone l'allegro, re del quartiere.

Primo movimento
# VERSO LA CITTÀ

La mattina del giorno seguente Lucio Lucertola precipita per quaranta metri dentro un cassone metallico sostenuto da corde ed esce nel sole. Cammina come se un'armonica gli desse il tempo. Il paesaggio che incontra è quanto mai vario. Subito davanti a casa lo accoglie un mare tropicale con palmizi, da cui lo saluta una pupa rosolata. Dopo le palme ecco tre splendidi pali della luce in un campo di erbacce, poi si sale su un picco innevato dove un Babbo Natale superstite offre un amaro, che però Lucio cortesemente rifiuta non bevendo mai prima di mezzogiorno. Rifiuta anche l'invito di diverse auto che giurano di essere nate per correre con lui, nonché di una lady in tutina aerobica che gli assicura che senza yogurt sarà dura. Così cammina tra gli enormi cartelloni, smaglianti schermi di colore nel grigio periferico. Saluta un presentatore che sorseggia bibite, una maliarda su un materasso, un drudo in bianco e nero epico mussoliniano. D'improvviso, il professore nota che, da un certo punto in avanti, uno strano graffito decora i cartelloni. Un malvagio pittore primitivo pancazzista ha preso a deturpare quel mondo meraviglioso. Un cazzo è disegnato in ammollo nel bicchiere del presentatore, un altro punta inequivocabilmente verso il sorriso della maliarda, un altro insidia alle spalle la virilità del drudo e un altro (orrore!) non risparmia neanche il bambino della pubblicità dei pannolini. Perplesso il professore esamina il cartellone più grande di tutti: un enorme pannello di bambini internazionali affogati in tute, rimpinzati di sciarpe, obesi di lana, ingozzati di proteine termiche e lasciati lì a sudare tutta estate. Lo esamina con cura per vedere come mai il pancazzista abbia risparmiato quest'affresco dell'amore universale. Ed ecco che, proprio a fianco dell'ultimo bambino, scopre disegnato un cazzo con sciarpina e berretto. Tranquillizzato il professore prosegue la sua passeggiata. Sull'asfalto egli nota alcuni fiori urbani di cui è studioso. Oltre al già noto geranio condominiale, la margherita periscopica traforatrice di manti stradali, il radicchio paracadutista, i cui semi si lanciano arditamente per raggiungere i luoghi più incredibili, e poi il soffione dei benzinai, che cresce solo nelle stazioni di servizio. Lucio Lucertola ne coglie uno assaporandone il bouquet di benzopirene. Quindi libeccia sud-est verso una rivendita di bevande calde e fredde che prende il nome da un caffè che prende nome da un paese che prende nome da un antico popolo (Bar Mexico).

La locanda, a quell'ora, è ottimamente frequentata da diversi cavalieri e da una sola dama, la barista, denominata Alice. Alice siede dietro un'apparecchiatura elettronica percorrendo i cui tasti, come un cembalo, si ottengono le infinite variazioni della musica della consumazione, sulla qual musica il contralto di Alice recita:

"Millequattro..."

"... grazie, tremila lire..."

"... se ha le duecento mi fa un favore..."

"... centomila ahimè, non ho da cambiare..."

"... arrivederci, signore..."

Ci sono poi altre apparecchiature elettroniche su cui i giovani guerrieri allenano i riflessi sbriciolando astronavi e preparandosi così a un'invasione nemica: ma a quest'ora le trincee cosmiche sono deserte, essendo il cavalierame presente di età piuttosto avanzata.

Lucio Lucertola entra salutando un primo tavolo, al

quale siedono quattro giocatori di scopone, fieramente roteando carte intrise di storia, picchiandole sul tavolo con grida propiziatorie e adirandosi se qualcuno, specie il compagno, non rispetta le armonie del rito. A un altro tavolo siede immobile un uomo nella posizione del guerriero Geronimo. A un altro due uomini discutono del gioco della palla-al-piede e degli opposti imperialismi. Ma il tavolo verso cui deciso si dirige la Lucertola, dopo aver salutato con un elegante zig-zag della mandibola l'Alice, è un tavolo sul fondo, dove in un angolo sono allineate coppe e fotoricordo, piccolo Protzenecke di lenze locali e di tornei di palla-al-piede, di leggendarie apparizioni di carpe dorate e fagiani piumati come incas.

Qui siedono quattro animali dall'aria serena.

Contro il muro Giulio la Giraffa protende nella stratosfera il lungo collo munito in cima di un'espressione e di un sigaro. Il collo esce da una camicia azzurra assai pulita, con cravatta e vestito blu delle confezioni Cimabue, ben restaurato, anche se la sua età è rivelata da un fulgore ai gomiti. La Giraffa veste così perché non vuole più dar fastidio a nessuno, vive solo e nessuno dovrà rivestirlo quando morirà. Si corica in cravatta, già pronto per la cerimonia. Attualmente solo un angolo di novanta gradi lo lega alla vita.

Elio l'Elefante ha grande mole per l'annosa esperienza di carboidrati, è stato a lungo macellaio e conosce tutte le varietà del materiale di cui è fatta l'apparenza del nostro corpo, le fibre rosse che mostrano le mucche macellate, i soldati scannati, e che ci fanno sempre meno impressione ormai quando appaiono improvvise negli incidenti stradali o nei roast-beef, e che pure noi teniamo sotto la pelle anche se per lo più siamo fatti d'acqua, anzi di liquidi, nel caso dell'Elefante chiaramente vinosi.

Elio l'Elefante possiede infatti sopra centotrenta chili di ottimo macinato una faccia, e al centro della faccia un attrezzo che si accende automaticamente ogniqualvolta il livello dei liquidi raggiunge il plenum. L'attrezzo si chiama Naso e attualmente fiammeggia come un frutto tropicale.

Vicino a lui Tarquinio la Talpa possiede anch'egli un'espressione ma la tiene separata dal mondo con due pezzi di vetro nero sostenuti da un'intelaiatura che gli poggia sulle orecchie (piccole, tonde, pelose). Ha mani grandi atte alle attività escavatorie (fu infatti a lungo muratore), mani non adatte ad esempio a piegare un giornale, cosa che riesce a fare solo con gravi danni all'ordine del menabò e frequenti bestemmie che ottiene con facilità accostando personaggi del catechismo a semplici aggettivi, o nomi di animali, o frasi del dire comune. La quasi totale cecità non gli impedisce di godere il calore del sole né di predare settebelli. Soprattutto non gli impedisce di vedere astronavi, che egli ha già scorto in numero di ventuno, con equipaggio ora solido ora gelatinoso.

Il quarto animale, che avrà più spazio degli altri nell'azione, è Arturo l'Astice. All'astice, come alcuni sapranno, ricresce la chela persa in combattimento. Ciò avvenne anche ad Arturo, dopo che un macchinario tedesco da lui domato per anni in fabbrica, un giorno si ribellò e gli strappò il braccio dal gomito. L'episodio fu in un primo momento chiamato incidente sul lavoro, salì poi per alcuni anni a violenza omicida del capitale, scese quindi a necessario sacrificio in un periodo di trasformazioni per precipitare infine a interruzione del ritmo produttivo. L'Astice ne ricavò pensione, lamenti vieppiù inascoltati e, dietro colletta dei compagni di fabbrica, un braccio meccanico in alluminio puramente ornamentale in quanto non dotato di movimento, ma utile per giungerlo all'altro in gesti di uso comune e scongiuri o anche per masturbazioni gerontorobotiche. Con questa chela Arturo fuma, poggiando la sigaretta tra le due dita meccaniche e a volte consumandola tutta senza temere l'ustione. Usa la chela anche per le lente operazioni di fuoruscita e uso del portafoglio, quelle operazioni che nelle code scatenano intorno ai vecchi tensioni omicide e desideri di sterminio di cui la gente perbene si pente una volta arrivata allo sportello.

Lucio puntò deciso verso i quattro amici, perché non

altrimenti che amico si può chiamare chi lascia le piacevoli discussioni di palla-al-piede e c'era-una-volta per gli argomenti preferiti dalla Lucertola e cioè i batteri, il concetto di inizio finale e l'etica tutta. Essi lo accolsero non con il consueto complice sorriso ma con il viso triste, un dubbio, una domanda. Perché?

"Leggi il giornale," disse l'Elefante.

Il *Democratico* stava disteso sul banco dei gelati con la pagina centrale spalancata e tutta la sua offerta di partecipazione e la sua sete di verità gentilmente offerti al prezzo di seicentocinquanta lire dai più fetenti proprietari e dai più fatui bugiardi del dopoguerra. Qui, tra una svendita di pellicce e un centauro travolto, stava una piccola foto nata con tre sorelle in una macchinetta della metropolitana.

### GIOVANE UCCISO DA UNA FUCILATA

*Un giovane di ventun anni, Leone Leoni, è stato rinvenuto cadavere ieri sera verso le sette dalla portinaia nel giardino di un condominio in via Bessico 21. Secondo le prime testimonianze...*

### LA PORTINAIA

"Sono uscita perché ho sentito lo sparo bum, ma poteva essere anche bang non sono sicura. Ho visto allora là quel povero giovane che aveva la testa sfracellata, che brutto lavoro, diomio mai più, ho pensato: è ancora vivo perché muoveva i piedi, scalciava come i cani ne vedo quando li investono in quanto escono di colpo dalla siepe e le macchine li vedono mica e bum anche lì, o bang."

"E non ha guardato su? Non ha visto da dove è partito il colpo?"

"Io non so niente, c'erano tutti alle finestre, si sono facciati tutti dopo il bum, io so che qua nel palazzo non era mai successo niente e son vent'anni che io portinaia qui, neanche un furto solo una volta han provato a scassinare un garage, ma ha suonato l'allarme, qua siamo pieni di allarme, tedesco, dappertutto, in quanto qui abitano tutti professionisti, gente con posizioni, gente incensurati, non capisco proprio perché un ragazzo così viene a morire proprio qui dentro, che brutto lavoro diomio mai più, son corsa dentro dopo il bum ho chiamato Federi-co: Federi-co è mio figlio, mio marito è in ospedale per arterie, son sola ho l'as-ma, ho detto Federi-co c'è un ragazzo morto per terra nel giardino, ha detto sarà un drogato vedrai che si rialza, perché delle volte vengono qui dietro la siepe che poi troviamo le siringhe la mattina, ma io ci dico Federi-co c'ha la testa rotta, inoltre avevo sentito il bum, chiama la polizia ho detto, e mio figlio zuccone: è un drogato vedrai che si rialza, l'ho dovuta chiamare io la polizia, diomio mai più, in vent'anni, son due ore che lavo il sangue non vien via mai più resterà la macchia per sempre povero giovane chissà sua mamma se ce l'ha."

## IL DEMOCRATICO

*La vittima non ha precedenti penali. Le indagini sono state affidate al commissario Porzio. Una prima ipotesi è che il ragazzo entrato nel giardino, forse per rubare, sia stato scorto da qualcuno del palazzo e questo abbia dato adito a una reazione spropositata, oppure si sospetta un regolamento di conti nel sordido mondo della droga. La polizia ha perquisito diversi appartamenti. Il colpo è stato sparato sembra da un terrazzo del condominio con un fucile da caccia grossa ma non si sa quanto grossa. Tutto il quartiere, uno dei più eleganti della città, è sotto choc. Il mese scorso una signora fu scippata e gettata a terra da due giovani in motorino. Abbiamo perso la pace, dice una signora che vuole mantenere l'anonimato.*

## SANDRI

"Mia moglie vuole far l'anonima, ma io no. Io lo dichiaro e tondo e grosso, ce l'ho il fucile regolarmente denunciato in casa e anche sei pistole. Non le ho usate questa volta e non dico che chi ha sparato ha fatto bene: ma se si credono di potere entrare nelle nostre case, entrare in giardino..."

"Chi?"

"Mi lasci parlare. Se si credono di poter spaccare i vetri delle macchine (sei volte l'anno scorso, sei), e scrivere sui muri e venire a sporcare e scippare e farsi le pere e rubare e puntarci la pistola alla tempia, allora le dico che non sono più i tempi, che la gente ha imparato a difendersi, e se credono..."

"Chi?"

"Noi vogliamo la pace, venti milioni abbiamo speso solo per gli allarmi, qua entra solo chi ci abita e io ho due figli dell'età di quel ragazzo e non finiranno così, gli sparo io piuttosto, da un orecchio all'altro, così la capiscono una volta per tutte. È d'accordo commissario?"

"Questo non è un paese dove si fa giustizia da soli," dice il commissario. Poi pensa: e neanche in gruppo.

Il Sandri non soddisfatto si accosta a Camaleonte e sussurra:

"Certa gente finisce come doveva finire. Ma questo non lo scriva."

"E quel ragazzo lo conosceva?"

Lo conoscevo sì, pensa Lucio Lucertola. Leone l'allegro era uno dei miei allievi più simpatici. Non un mostro di buona condotta: incallito traforatore di banchi, assenteista con punte altissime nei mesi primaverili. Intelligente però e curioso. Molto attento alle mie teorie sui batteri. Di lui ricordo alcune interrogazioni in cui diabolicamente riuscì a spostare il discorso dal Piemonte di Carducci alle abitudini dei camosci. Scrittura solare con macchie grammaticali. Amava arrotolarsi in condizionali in cui rimaneva sovente impigliato.

"Era il fidanzato di Lucia," sospirò la cassiera Alice.

"Idee giuste, un po' estremiste, ma giuste," disse l'Astice.

"Grande mezz'ala con polpacci molto elastici," disse l'Elefante.

"Non s'ammazza uno così," disse la Talpa, "nemmeno su Schifius che è il pianeta più crudele della galassia."

La Giraffa sconsolata scuote la testa un metro a destra e uno a sinistra.

Lucio non li ascolta. Mesi e mesi a pensare alla morte e teorizzare sull'inizio finale, solo o con un allievo canarino. E a chi capita? Non a lui, ma a Leone, Leone l'allegro. Funere mersit acerbo, muore giovane chi è caro agli dèi un cazzo, professore. Come possono il Fato il Supremo il Caso le Parche il Dio Burlone fare simili errori?

"Qualcuno venga con me," dice allora Lucio con fare deciso.

"A fare che?" dice l'Elefante inquisitore.

"Andiamo in via Bessico."

"A fare che?" dice l'Elefante inquisitore e concreto.

"Entriamo nel palazzo, chiediamo com'è successo. Bisognerà pur fare qualcosa."

"Fare che?" dice l'Elefante inquisitore concreto e coerente.

"Bisogna sapere, sapere, sapere," dice Lucio, e si accorge che ha un groppo in gola forse visibile sotto forma di pulsazione.

"Io vengo." Dice l'Astice alzando la chela come a giurare.

Nello scantinato del Monte Tre già la fedele Bice scalpita. È una bicicletta grigia di ventidue anni. Freme sentendo il passo del padrone. I piedi di Lucio si infilano nelle staffe con energia insolita.

"Dove si va?" chiede Bice.

"Si traversa tutta la città."

"Urrà!"

"Corriamo. Come telegramma vola, o verso."

"Chi l'ha detto?"

"Il grande Majakovskij, morto a 39 anni."

"Più o meno come Coppi," commenta Bice.

"Si va?"

"Si va!"

Appena fuori dalla cantina li attende Arturo su Atala, nero destriero da donna. I quattro scompaiono in breve alla vista, approfittando anche di una leggera discesa.

Chi invece è già nei pressi di via Bessico è la coppia Lupetto-Coniglio. Quando Lupetto ha visto la foto sul giornale non ci ha creduto. Aveva già immaginato Leone in foto, nelle figurine con la maglia del Milan. Quella foto bianca e nera con quel titolo è una cosa che non può essere successa, bisogna andare a vedere che non è successa. Così Lupetto ha attraversato la città. Dietro di lui arranca Coniglio che non essendo mai stato fuori del suo quartiere si guarda intorno come andassè in canoa sull'Amazonas.

Lupetto affronta i passanti dall'alto del suo metro e quaranta.

"Scusi, via Bessico?"

E nessuno gli nega lunghe spiegazioni. Intanto Coniglio sta in disparte massaggiandosi le zampe. Camminano da due ore, ormai.

"Per favore fermati," implora Coniglio, "devo pisciare."

"Falla lì."

"Lì no."

"Fattela addosso."

(La velocità di un drappello di guerriglia non è data dal soldato più veloce ma dal più lento: Lupetto applica Che Guevara.)

Coniglio sparisce nella boscaglia: una siepe di mortella

che circonda i tavoli di una pizzeria all'aperto. Irrora abbondantemente le strutture del Marechiaro. L'operazione è seguita con interesse da un vigile motorizzato.

"Ehi tu!"

Coniglio fugge seminando tracce per circa cinquanta metri.

"Voglio tornare a casa," piagnucola riabbottonandosi.

Lupetto, seduto su un cassone di rifiuti come un condottiero sul cavallo, non gli risponde. Consulta la cartina stradale che ha sottratto alla dotazione paterna.

"Siamo in piazza Cadorna. Siamo vicini."

"Dove è scritto piazza Cadorna?"

"C'è la statua lì non vedi?"

"Come fai a sapere che è Cadorna?"

"Ha la sciabola."

"Non è una sciabola è un bastone."

"Non fanno monumenti a uno con un bastone."

"Non è una sciabola."

"Vaffanculo."

"Non siamo in piazza Cadorna."

"Invece sì."

"Non sai neanche chi era Cadorna."

"Era uno che fece una gran ritirata."

"Non fanno monumenti a uno che si ritira."

"Poi tornò indietro e vinse."

"Te lo sei inventato."

"Vaffanculo."

"Voglio tornare a casa."

"Vacci se sei capace."

"Prendo un taxi."

"Non c'hai il coraggio."

"Invece sì."

"Allora dài, ferma quello."

"È troppo lanciato."

"Bella scusa."

"Vaffanculo."

"Fanculo tu."

45

"Torniamo a casa."

"Non te ne frega niente di niente, sei un coniglio. Dobbiamo scoprire chi ha ucciso Leone."

"C'è la polizia."

"La polizia scopre gli indizi, ma alla fine è un detective che scopre l'assassino. La polizia tutt'al più irrompe all'ultimo momento quando il detective è nella merda."

"Ma dài!"

"Spesso anzi la polizia è d'accordo con l'assassino."

"Questo è vero."

"Andiamo, allora."

"No. I miei genitori non vogliono che io vada in centro da solo."

"Sei un soldatino di merda!"

"In che senso?"

"Non c'hai i piedi. Hai il piedistallo con l'erba sotto come i soldatini. Non ti puoi muovere, ti muovi solo se ti prendono e ti spostano. Ti ribaltano e muori, fanno bum con la bocca e tu spari."

"Non è vero."

"Sì, guardati sotto le scarpe, vigliacco! Ti sta già crescendo il piedistallo."

"Io vado dove voglio."

"Andiamo allora."

Vanno.

"Io so chi può averlo ucciso," dice Coniglio.

"Cammina."

"È stata la Juventus."

"Cammina, Coniglio."

"La Juventus non sopporta che ci siano calciatori bravi che non siano suoi... siccome Leone era bravo e loro l'hanno saputo..."

"Cammina."

"Un killer si è appostato sul terrazzo aspettando che Leone passasse di lì come tutti i giorni..."

"Leone non passava di lì tutti i giorni."

"Ah no?"

"Non andava mai in quel quartiere."

"E perché c'è andato?"

"Lo scopriamo."

"E poi?"

"Siamo in via Bessico: hai visto, Coniglio?"

Fu così che il cavalier Sandri, mentre dai trentatré gradi naturali della mattina passava ai sedici condizionati della sua Fiat Capodoglio color piombo, vide i due ragazzini fermi davanti al ConDominio.

"Cosa volete voi!" urlò. Gridava sempre, qualsiasi cosa dicesse.

A quella voce Coniglio sparì con vigliacchissima velocità rendendo inutile il successivo plurale di Lupetto.

"Siamo venuti a dare un'occhiata."

Sandri lo guardò iroso. La portinaia uscì dalla carlinga. Dalle finestre li spiarono ventisei occhi curiosi, molti meno rispetto alle operazioni di rimozione del cadavere, molti più della media giornaliera.

"È qui che hanno ammazzato Leone?" chiede Lupetto deciso.

"Perché ti interessa?"

"Perché si arrabbia?"

Il Sandri pensa che se scende e prende a sberle quel ragazzino, darà esca per altri articoli e articolesse. Mette in moto il mostro mangiabenzina, il cui rumore ben esprime la sua ira.

"Maledetti," pensa, "adesso qui ci sarà la processione tutti i giorni." Parte sgommando sgasando sbandando.

La Pierina esce con la scopa in mano, non con intenti violenti, semplicemente perché con la scopa in mano si capisce che lei è la portinaia.

"Dov'è successo?" chiede subito Lupetto.

"Non son cose da bambini," sospira Pierina Porcospina, "lascia perdere piccolino, vai..."

Lupetto a sorpresa estrae un taccuino e una matita.

"Lei dove si trovava al momento del fatto?"

"Veh piccolino, non scherzare. Ho già detto tutto al

commissà e ai giornà (manca il fiato). Va' via, dammi retta! Federi-co! Vieni qui."

"Quanti spari ha sentito?"

Esce il Federico molto compreso nella nuova parte rapporti-con-i-curiosi.

"Uehi, ragazzino, smamma."

"Vaffanculo" (e con questo per Lupetto son ventuno, oggi).

"Conto fino a tre," dice Federico che ha predisposizione per la matematica.

Lupetto gli spara una pernacchia che sembra il decollo del Concorde e alla giusta e virile reazione di Federì se la batte a gambe. Malgrado siano di due categorie diverse (senior Federì, allievo Lupetto) mantiene il vantaggio di venti metri e sparisce in un parcheggio. Si ferma col fiatone.

"Andrò al *Democratico*. Loro sanno sicuramente tutto." Dice questo a un Coniglio che non c'è più, il pusillo veleggia verso casa portato da un tassista pietoso, giurando che mai e poi mai lascerà la sua casa confortevole per nuove avventure.

"Peggio per te," dice Lupetto. Con le sue ultime mille lire compra il giornale, e legge l'indirizzo della redazione. Qualcosa gli dice che ce la può fare. Siamo uomini o soldatini?

*Il Democratico* occupava un posto d'onore nel Centro Storico, tra una Banca e un Grande Magazzino, a significare il suo ruolo di tramite tra gli interessi del Manager Moderno e della Gente Comune, categorie che il *Democratico* sapeva di volta in volta reinventare, delimitare, blandire con grande autorità. All'interno del giornale vigeva l'open space, vale a dire un unico grande ambiente senza muri, ma intervallato da divisori e piante e distributori di caffè sotto un unico soffitto incombente e luminoso quasi a suggerire il respiro unitario dell'azienda. In questo open democraticamente poteva essere udito ovunque il peto del redattore capo e lo sbadiglio del redattore semplice, la reprimenda e la lode, il battere all'unisono sulle macchine di umili segretarie e opinion leader. Solo il direttore aveva un ufficio personale all'ultimo piano. Si sussurrava che alle pareti ci fossero vari picassi e mantegne, foto con dediche di dive, teste impagliate di ministri e vi danzassero quattro ex del Crazy Horse.

Il giornalista Carlo Camaleonte percorreva il labirinto del secondo piano, e gettando l'occhio sopra i divisori poteva vedere i colleghi pulsare secondo le·rispettive competenze e mansioni.

Là era lo Spazio Esteri con grandi cartine del mondo e planimetrie della galassia e piccole segretarie di fronte a enormi plichi di rimborsi spese attestanti l'attività degli inviati su tutti i fronti degli Sheraton e nelle giungle dei ristoranti cinesi e sotto il fuoco dei gamberoni e nelle estreme lavanderie e nei più impervi taxi.

Più in là si stendeva il settore Moda ormai decuplicato con grandi foto sui divisori, e redattori dalle spalle imbottite e redattrici dai capelli metallizzati; vicino, un po' rozza al confronto, la sezione Sport con redattori panciuti e tabagisti, davanti a scrivanie straripanti di calendari di serie A, B, Playboy.

Là il settore Economia, il cuore del giornale collegato via telex con giganti e gnomi e tutto l'oro del mondo nonché direttamente guidato (si diceva) dalla proprietà in persona, mediante telefonata ogni tre ore al caposezione. Qua si diceva telefonassero principi ed emiri, annunciando doni o rappresaglie. Qua il giornalismo del futuro si forgiava in battaglie navali al computer.

Carlo Camaleonte procede e passa oltre il settore Vacanze il settore Test il settore Inserti Spensierati il settore Figli di Politici in Darsena il settore Telefonate di Nascosto il Bingo i Cessi i Grafici i Nautici. Supera il bar e la Divisione Vendite la Moltiplicazione Marketing la zona Spettacolo da cui viene suono di durandurànì, le macchinette distributrici di liquami caldi e freddi poi il settore Satiri Caustici e Vignettisti Corrosivi, il settore Giornalisti Scomodi segnalato dall'ampiezza delle poltrone e gli uffici del Rematore Capo del Crematore Capo specializzato in necrologi, del Caposervizi dei Capiservizi, finché Carlo, unico semplice Nemeček nella scala di promozioni del *Democratico*, arriva nella zona Inchieste. Qua una volta particolarmente pulsava la vita intelligente del giornale, ma ora era tutto assai pacato e sui muri foto di velieri sponsorizzati avevano sostituito i monotoni titoli sulle stragi.

Passando tra due giornalisti Democratici Trombati intenti a un'inchiesta su quante graffette si possono storcere in un'ora, si entrava nella tana del Frenatore Capo. Là egli stava dietro una scrivania spoglia: la macchina da scrivere, il televisore, varie agende omaggio, un Vaporub, un Valium,

# OXFAM

VAT: 348 4542 38

**Volunteer here: Have fun,
meet new people & learn
new skills**
Sign up in-store or at
www.oxfam.org.uk/jointheteam

```
TIM              SALES        F8023/POS1
SUNDAY 18 AUGUST 2024      12:41 097191
1    OTHER ACCESSORIES            £4.99

                   1 Items
     TOTAL               £4.99
     CREDIT CARD              £4.99
        Oxfam Shop: F8023
   23 Drury Lane, Covent Garden
        London WC2B 5RH
        020 7 2403769
        oxfam.org.uk/shop
```

This does not affect your statutory rights.

Oxfam is a registered charity in England and Wales (no 202918) and Scotland (SC039042). Oxfam GB is a member of Oxfam International.

Donate to our charity shops.
Your unwanted items could fund work to
help communities overcome poverty.
Find out more here:

## www.oxfam.org.uk/whattodonate

# THANK YOU

Every item you buy or donate
helps beat poverty.

We are happy to offer a 30 day refund policy for items returned to
the store in the same condition they were sold in, with proof of
purchase and with a valid price ticket attached to the item.
View full T&C's in store or at: **www.oxfam.org.uk/shopfaqs**
This does not affect your statutory rights.

Oxfam is a registered charity in England and Wales (no 202918) and Scotland (SC039042).
Oxfam GB is a member of Oxfam International.

Join our team and help

un whisky, un dizionario dei sinonimi e il premio Freno d'Oro Saint Vincent, croce di biro su cubo di granito. Stava, il Frenatore, in maniche di camicia giocando pensieroso con una macchina sparagraffette, cercando di carpirne il mistero. All'apparire del Carlo, si illuminò di buonsenso e sbadigliò. Guardò con attenzione il gilet aranciato del Camaleonte, i capelli rasati e poi disse scandendo le parole:

"Attenti con il ragazzo della via Bessico."

Mirabilmente, egli era sintetico ed esaustivo nella conversazione così come lo era nella professione. Carlo, che aveva ancora molto da imparare, chiese:

"In che senso?"

"Nel senso," disse il Frenatore, "che se ne parla già troppo. Dunque ci sono due modi di trattarlo. Uno giusto e uno sbagliato."

Seguì un silenzio di circa trenta secondi. Lontano, una Olivetti batteva il flamenco di un elzeviro.

"Sbagliato fare della letteratura, giusto usare il buonsenso..."

Il Camaleonte annuì ma ci capiva un cazzo.

"Il buonsenso dice che non dobbiamo chiederci 'perché' è stato ammazzato ma 'perché era là'. E non solo 'perché hanno sparato' ma 'a chi?' È perché un ragazzo 'giovane' si riduce a entrare in un giardino 'non suo'? Di chi è la 'responsabilità'? E cosa può fare in questi casi un 'giornalista'?"

(Tutte le virgolette erano ottenute alzando la voce di un diesis e facendo il gesto di tirare le orecchie a un cane.)

"E chiediamoci poi: che rapporto c'è con la 'sbornia' ideologica degli anni passati? La gente vuole 'questo' o qualcosa di 'diverso'?"

Detto ciò il Frenatore si fermò come sempre quando si accorgeva di non aver capito quello che aveva detto.

"Insomma io non voglio 'piagnistei'. Voglio sapere quale 'tipo di società' spinge un ragazzo a entrare in un condominio 'signorile' senza motivo."

"Veramente," disse il Camaleonte, "ci si potrebbe chiedere anche quale 'tipo di società' spinge uno a sparare dalla finestra."

"Giusto!" disse il Frenatore, "questo è 'sensato'. Però lo sappiamo. Questa città è 'esasperata' dalla violenza. Violenza chiama violenza. Perché un uomo 'perde il controllo' dei propri nervi e spara?"

Ancora un lungo silenzio.

"Le dico io il 'perché'," disse il Frenatore, "il ragazzo cercava 'droga'? Voleva 'rubare'? Allora la nostra città è una 'fogna'? Dovremo stare dietro alle finestre con le pistole in pugno? O ancor peggio tireremo fuori il vecchio discorso dell' 'emarginazione'?"

"No!" disse il Camaleonte.

"Giusto. Noi diremo che pochi 'teppisti' non guastano una città 'sana' e che in fondo ogni giorno si muore ovunque. Sa, su due miliardi di anguille partite dai Sargassi, quante ne arrivano a destinazione?"

"Centomila?"

"Si vede che lei è ancora inesperto del mestiere. Tre! Solo tre, capisce? Capisce come il giornalismo sia anche un problema di proporzioni?"

Silenzio.

"E poi lo sa chi ha costruito il quartiere Bessico?"

"Lo immagino..."

"Bene! Allora lei vuole dipingere il quartiere di via Bessico come un 'covo di assassini'? Vuole tornare indietro di dieci anni, quando la vidi 'protestare' tirando biglie e quadrelli contro questo stesso edificio? Crede che io non mi ricordi?"

"Si cambia," disse il Camaleonte.

"Si cambia anche giornale," sorrise il Frenatore. "Ma poiché lei è 'giovane' e 'intelligente' so che seguirà questo caso con il buonsenso che richiede. Intanto per premio le affido un'inchiesta."

"Davvero," disse Carlo eccitato, "e quale?"

"Cosa bevono i Vip? Eccole qua quaranta numeri di telefono. Li chiami tutti. E non inventi. Riconosco un tamarindo simulato da un vero tamarindo. Anch'io ci sono passato, per arrivare fin qui."

Due aurore sono apparse e due giorni dopo Lucia cammina a braccetto di Rosa. Un miliardo di cinesi sta intanto dormendo. Quelle notti sono sembrate interminabili, poi la vita è ricominciata: Lucia cammina e parla in un mondo dove Leone non c'è più. Niente è cambiato. Dal comodino di Leone, Lucia ha preso la sveglia azzurra che tante mattine li ha separati: ora è sul suo comodino. Il tempo non ha tremato, neanche per un attimo. Tutta la roba di Leone stava in tre valigie. Portata via. Così l'amore che è stato, resta. Ma quello che avrebbe potuto essere niente può dartelo, consolarti. Nemmeno la teoria dell'inizio finale, professore. Nemmeno tutti quelli che ti chiamano per nome affettuosamente, perché qui chiamarsi per nome non è solo chiamarsi, certe volte rasserena, nel caldo del pomeriggio, è musica per vecchi animali. Sul muretto davanti alla pizzeria altri animali giocano: i ragazzi si tirano pugni per scherzo e oscura rabbia. Le ragazze sedute in fila ridono, per parlare tra loro si sporgono e i capelli biondi, rossi, scuri, cadono in avanti, come in una cerimonia. Anche Lucia si passa le mani tra i capelli, non lavati, guarda quelli vaporosi e scompigliati di Rosa. Lo so che è bella, Leone, so che lo dici per farmi arrabbiare. Chissà se mi sente.

"Cara ragazza, begli occhi, anche se si vede che ha pianto tanto," dice l'Elefante vedendola passare.

L'Alice singhiozza al ritmo del campanello della cassa.

Lucia china ogni tanto la testa e Rosa se ne accorge e le stringe il braccio. Rosa è bionda naturale speciale, ha una maglietta rossa, minigonna nera, e lunghe gambe scure terminanti nell'amo sottile di un tacco. Gli uomini a vederla passare ruotano come satelliti. Le donne dicono: troppo rossetto. Di più non riescono a dire.

Le due amiche procedono insieme verso il campo di calcio e la gente le saluta frastornata: il viso mesto di Lucia e il beccheggio di Rosa formano un bel paio di scarpe spaiate.

Si sono fermate all'entrata del campo. Lucia resta in disparte, Rosa avanza e si appoggia tutta alla rete divisoria. Vedendola, l'intera Pro Patria Mori Calcio impietrisce, come se avessero fermato la moviola. Il centravanti rimane con il piede a mezz'aria. L'ala destra resta chinata con le mani sulle scarpe da allacciare. Il presepe è completato da due terzini paralizzati, dal massaggiatore a bocca aperta e dal portiere che sentendo sopravvenire un'erezione si allunga in giù la maglia.

"C'è Volpe?" chiede la Rosa, guardando i due terzini e rendendoli insonni per la settimana entrante.

Volpe il presidente mister trainer sta già correndo giù dai gradini della tribuna come non faceva più dai tempi dei bombardamenti.

"Vuole me, signorina?" chiede facendo balenare un premolare d'oro zecchino e altro oro promettendo con lo sguardo. Poi vede Lucia avvicinarsi, capisce e le va incontro imbarazzato.

Si siedono sulle gradinate.

"Vorrei sapere," dice Lucia, "perché Leone non è venuto a giocare. Sul giornale hanno scritto delle cose pazzesche. Che lui era entrato nel condominio per fare chissà cosa. Questo non è vero, lei lo sa..."

"Sono dei figli di puttana," aggiunge Rosa che ama le sottili metafore.

Volpe non sa perché Leone non è venuto a giocare quel giorno, proprio no, ma la voce gli trema. Non era mai mancato a un incontro. Certo finire là, in un quartiere dall'altra parte della città... anche lui ha chiesto a quelli della squadra se l'avevano visto... ebbene sì, era venuto fino al campo, poi è tornato indietro, non si sa perché. Mai mancato a un incontro. L'ho detto anche al commissario che è stato qui neanche tre minuti. Un talento, Leone. Poteva finire in serie A. Poi lo sa anche lei, sempre allegro. Una volta le stiamo buscando tre a zero, il portiere aveva beccato tre gol uno più facile dell'altro. Nello spogliatoio dopo il primo tempo son tutti lì col muso lungo, il portiere dice, è la palla scivolosa, forse è meglio se mi metto i guanti. E Leone: mettiti anche il cappotto e va' a casa che è meglio. Tutti giù a ridere. Un'altra volta...

"Andiamo a chiedere ai ragazzi," dice Lucia, e si alza di scatto.

"Signorina, per qualsiasi cosa io possa servire..."

Si avvicinano al campo. Quindici giovani sudati in mutande, ognuno sforzandosi di star serio e di non guardar troppo le gambe a Rosa, concordano con la versione del trainer, come spesso succede nel mondo della palla-al-piede. Le ragazze se ne vanno. Rosa si volta e con lo sguardo sceglie lo stopper, tale Giagnoni, che resta impietrito come per una convocazione in nazionale. Stanno per uscire quando le raggiunge un terzino con i capelli lunghi, piccolo e sudato. Era molto amico di Leone.

"Lucia, se ti può servire," parla serio serio occhi a terra, "io so una cosa... il signor Volpe una settimana fa aveva venduto Leone. Dieci milioni a una squadra più grossa, il Porro Divina. Leone glielo diceva sempre: mister, guai a te se mi vendi senza chiedere il parere, non sono un prosciutto. Allora vedi... quel pomeriggio io l'ho saputo e gliel'ho detto... forse ho fatto male. Leone diceva, porca miseria che tiro, senza neanche avvisarmi."

Il terzino ha l'occhio smarrito.

"Forse se non glielo dicevo subito veniva a giocare...
invece era diventato triste... perché voleva restare ancora
con noi per vincere il campionato quest'anno... l'anno
scorso ce l'avevamo quasi fatta... lui se ne fregava di
andare a una squadra più grande... tu lo conosci, era il
migliore."

Lucia gli batte sulla spalla, lo consola. Rosa non può
perché dove tocca fa danni, ma lo guarda comprensiva.

"Non è colpa tua," ripetono.

"È colpa mia," e scappa via a gambe storte, come
un'anatra.

"E ora che facciamo?" chiede Lucia.

"Io mi farei quello con le basette," dice Rosa conceden-
dosi un attimo di relax, "oppure consolerei il terzino."

Lucia sorride per la prima volta. Rosa, vedendo il suo
successo, improvvisa per l'amica una sceneggiatura del film
"Amore al novantunesimo minuto" (Ninety-one lover), con
lo stopper Fernando Giagnoni nella parte dell'ignaro sotto la
doccia e Rosa Pink nella parte della violentatrice di calciatori. Il film è alla scena culminante del sapone quando viene
interrotto da Volpe.

"Volete un passaggio in macchina?"

Lucia lo guarda severa. Quando guarda così non c'è
nessuno che tenga. Volpe balbetta qualcosa e se ne va.

"Bisogna che ricostruiamo e rifacciamo la strada di
Leone, la strada di quel giorno," dice Lucia, "da qua fino a
Bessico."

"Rifacciamola."

"E da dove cominciamo?"

"Cerca di ricordare, Lucia. Aveva qualcosa di importante da fare il tuo Leone?"

Due sere prima. Seduti a contemplare l'ardito edificio
della Coopconsumi. Baci appassionati a luce rossa, sotto il
neon di offerte speciali. Lui dice, presto vado a comprarti il
regalo per il compleanno. Ti accontenterai: poca grana, da
quando sono disoccupato. E il Formicone mi deve ancora

cinquantamila. Uno di questi giorni vado lì, e se non me le dà gli storco le antenne.

"Andiamo dal Formicone, allora."

Mentre si avviano, da una Fiat Porcellino esce un tipo con un gilet color aranciata, tutto sudato, due agende in mano.

Lee cammina lento nella strada che attraversando il giardino della clinica porta al cancello principale. La testa gli gira per le medicine della notte. È a piedi scalzi, non gli lasciano portare scarpe, ha i pantaloni e la giacca color tabacco del pigiama. Saluta un paziente che chiamano il Giardiniere, un contadino impazzito dopo la morte della moglie. È dentro da molti anni, cura le piante del parco. Lavora soprattutto di notte, quando i bruchi escono e li si può sentire mangiare le foglie. I bruchi hanno faccia da burattino, mascherine nere, baffi, facce allegre. Ci sono formiche che difendono il loro albero dai rampicanti e dagli altri insetti, ci sono ragni che lanciano la rete e sputano veleno, e c'è la mantide che è più brutta di ogni incubo, ma non hai paura, ascolti quel rumore di pioggia di tutti i bruchi che si nutrono, là al buio. E poi basta solo l'acqua. Una goccia d'acqua, niente medicine. Non è bello qui, cinese?

"Bellissimo. Giardiniere, prestami il tuo maglione."

Il giardiniere Pietro Potamo sorride. È un onore per lui. Lee lo ha difeso una volta dalle botte degli infermieri, quando voleva scappare perché stava per cadere la luna sulla clinica.

"Scappi?" gli chiede.

"Come fai a saperlo?"

"Io son grasso mi prendono. Tu sei giovane, cina, ce la fai."

Lee cammina verso il cancello. Ci sono due infermieri di guardia, uno è Rocco Mastino, l'altro un giovane appena assunto, non sarà un problema. Lee inizia a tirar calci nell'aria, nello stile della giovane foresta ché i cinesi fan come ridere. A volte si esercita per ore e ore. Non ha mai dimenticato niente di ciò che ha visto e imparato. Può bastare per essere pazzi.

"Sta' attento a quello," dice Rocco, "è un violento. Quando ha le crisi ce ne vogliono sei per fermarlo. È un disgraziato che metteva le bombe. Non attaccare discorso con lui, sembra un mite e ti frega."

Il giovane infermiere annuisce. Ne arrivano altri due. La cosa si fa più difficile. Lee respira con calma mentre si avvicina al cancello.

"Fuori dai coglioni Lee," ringhia Rocco.

Lee guarda il giovane infermiere indicando Rocco con un gesto stupito: chi è il matto? Rocco schiuma. Lee si gratta goffamente la testa, fingendo uno dei soliti attacchi di emicrania. Mugola come un gatto.

"Ehi," dice Rocco, "dove hai preso quel maglione?" Capisce subito dopo aver parlato, ma è tardi, afferra un bastone ma il piede di Lee è già scattato, il bastone vola per aria, poi vola in aria Rocco. Il giovane infermiere non sa cosa fare, Lee lo sgambetta e lo fa cadere. Arrivano gli altri, ma Lee come una scimmia scavalca il cancello, tre balzi, l'ultimo un volo dall'alto, terra! e corre via. Ci sono voluti pochi secondi come nei sogni, perché Lee è tranquillo e infallibile. In fondo al giardino Pietro Potamo alza in alto i pugni per la gioia e tira in aria il pigiama di Lee, libero, libero, libero!

Circonfuso d'azzurro estivo e nuvolette il ConDominio si erge in tutta la sua igienica bellezza sul Bessico. Tutto sembra tornato normale. Dans la conciergerie la portinaia guarda pensosa l'ebollizione vulcanica di un chilo di peperoni che andranno a rinforzare i muscoli di Federico. Federico guarda alla televisione un programma musicale per creteen-agers. Al primo piano il cavalier Sandri urla perché un figlio è stato troppo al telefono e gli ha scaldato il ricevitore. La moglie urla con la cameriera. La cameriera, in mancanza di meglio, prende a calci in culo il cane Bronson, dobermann oligofrenico. Diviso da loro da un muro Edgardo picchia il figlio perché è necessario, la moglie scrive lettere anonime, il cane vomita. Nell'appartamento vicino dorme Strello, tra nere lenzuola. Al secondo piano il Lemure è chiuso in bagno. Al terzo la signora Varzi con bigodini rossi in testa oggi è assai simile a un oleandro. Ha indossato una tutina aerobica rossa aderente da formaggio olandese e scricchiola e flette e intanto fa alcuni esercizi masticatori che dovrebbero impedire alla sua mandibola di caderle nel piatto durante abbuffate mondane. Al quarto piano ci sono i preparativi di una festa. Sopra il cielo rapido imbruna. Qualche finestra si accende.

"Se penso che lì sopra forse c'è un fucile," dice la portinaia, "diomio, mai più che brutto lavoro."

I peperoni non le rispondono. Federì neanche.

Lontano lontano il Commissario legge "Lo sapevate che..." ma il suo pensiero è sempre lì, al caso non risolto dell'ex-colonia dal nome sovversivo, e al suo fiume misterioso.

Ed ecco Lucio Lucertola su Bice e Arturo Astice su Atala entrare in città e sfilare davanti agli acquari di scarpe e ai vetri antiproiettile mentre le macchine li bombardano di clacson e li mandano a quel paese, che roba due vecchi in bicicletta e per di più con tre braccia in due. Per arrivare in via Bessico bisogna attraversare una piazza dove le macchine ruotano e rombano in direzioni diverse, inseguendosi con gerarchie di precedenze inestricabili. Lucio tira le redini della Bice e si ferma pensoso, una mano sul manubrio e l'altra che gratta il culo, come fa John Wayne al cinema. Anche Arturo si ferma, una mano sul manubrio e la chela penzoloni.

"Secondo me," dice, "dovremmo passare sulle strisce."

"Non sono un pedone," dice Bice con sdegno, "o si passa o non si passa."

"E se ci arrotano?" dice Atala che ha recentemente subito la frattura di un pedale.

"Io mi butto," dice Arturo. E prima che Lucio possa fermarlo eccolo lanciarsi nella mischia. Il primo veicolo che incontra è il Sandri che torna a casa. Rambo Tre inchioda la Capodoglio e gli urla contro, se avesse un fucile davanti come i carri armati allora vedi te che... ma dietro a lui altri Sandri in colonna suonano e urlano: muoviti stronzo! e

Arturo passa, schiva di un pelo una moto giapponese Makaramoto guidata da un robot di cuoio, schizza tra due ciclomodiste in tuta, striscia la guancia contro il fianco dell'autobus Ventuno, prende a cazzotti due cofani e alla fine con un gran balzo di pedali atterra sul basamento del monumento a Cadorna. Resta lì, come un naufrago su un'isola, attorniato da un girotondo di squali. Lontano lontano Lucio sta cercando di raggiungerlo portando Bice a mano.

Arriva un vigile motorizzato.

"L'ho vista, sa? Dove crede di andare? Non si attraversa mica così!"

"E come devo attraversare?" gli urla l'Astice sul naso.

"Se ne stia a casa," sogghigna il vigile che è incazzato per astinenza da ferie.

"Io vado dove mi pare!"

"Alla sua età non si gira per il centro in bicicletta."

Lucio intanto è intrappolato tra due muraglie di autobus.

"Secondo lei devo stare chiuso in casa?" grida l'Astice, "c'è una legge che me lo ordina?"

Il vigile mette le mani a manico d'anfora, autoritario.

"Non alzi la voce!"

"Con tutto il casino che fanno questi qua intorno, lei dice a me di non alzare la voce? Ma vada..."

Un'auto sgasa, e il vigile non saprà mai la sua destinazione.

"Quand'è così," dice il pulismano, "mi faccia vedere quella mano. Aha! Mano finta! Allora lei non può girare in bicicletta. È invalido e pericoloso per sé, cioè lei, e per gli altri."

"Non l'ho persa a carte," urla l'Astice, "l'ho persa lavorando."

"A me non interessa!" (Ai pulismani, spesso, improvvisamente non interessa più.)

"Invece di pensare alla mia mano, muova le sue che la pagano per questo!"

Il vigile, a queste parole, si adonta. Lucio è ormai a pochi metri, in un ingorghetto di auto tedesche. Passa una camionetta della polizia, il vigile fa un cenno indicando l'Astice e tuona: riportatelo a casa che è suonato e prima o poi lo investono. L'Astice batte la chela e chiama invano l'amico.

Con un ultimo sforzo Lucio scavalca una Fiat Scarafaggio, raggiunge l'isola di piazza Cadorna, la bicicletta gli cade di mano, gran frastuono, urla di dolore di Bice, il vigile sbraita: "Eccone un altro, oggi hanno aperto il ricovero." Quando Lucio si rialza vede la camionetta che se ne va con dentro l'Atala e Arturo. Resta lì da solo, con le trombe delle auto che gli sghignazzano intorno.

In quello stesso istante, nel lussuoso ingresso con moquette color biliardo del *Democratico*, Lupetto, dopo aver per la quinta volta tentato di parlare con il direttore, spara la sua famosa turbopernacchia alla guardia giurata del giornale (i rapporti tra personaggi e autorità non sono quasi mai buoni in questa parte del libro). Lupetto sfugge alla guardia e si scontra colpendo con la giovane testolina le mature palle di un tipo che sta entrando, uno col gilet color arancia.

"Accidenti," dice il tipo. (Ci si potrebbe aspettare di più da un giornalista.)

"Sei un giornalista?" dice subito Lupetto.

"E tu chi sei?"

"Un amico di Leone Leoni."

"Leone... quello... cui gli hanno sparato?" (Le testate nelle palle pregiudicano la sintassi? sembra di sì.)

"Esatto," dice Lupetto, "quel Leone lì."

Il Camaleonte riprende fiato e fiuta il titolo: "Abbiamo parlato col piccolo amico del giovane ucciso." Poi ci ripensa: su di lui piombano in sciame le virgolette del Frenatore. Troppo "piagnisteo". Però...

"Vieni," dice, "ti offro da bere."

"Non sarai un po' pedro?" dice Lupetto, espertissimo della vita.

Si siedono davanti a due bevande fredde, per la precisione due ranciate. Il Camaleonte nella sua ci mette lo zucchero per sgasarla perché ha l'ulcera. Lupetto si beve tutte le sue bollicine e gli spara anche un bel rutto in faccia.

"Cos'hai scoperto?" chiede il commissario Lupetto.

Carloleonte non si sbottona.

"Vuole sapere perché Leone era capitato lì, signor giornalista? Io lo conoscevo bene..."

Carloleonte butta giù un sorso di ranciata con un ghigno vissuto. La sua intenzione è Robert Mitchum, ma il risultato è Louis Armstrong, rantoli da ranciata nell'esofago. Tossisce penosamente. Si riprende e sentenzia:

"Cosa vuoi saperne tu, bambino..."

Lupetto sbuffa.

"Il mondo è pieno di cose storte!"

Come fa a dirlo uno che non riesce neanche a bere dritto, pensa Lupetto.

"Senti," dice Carloleonte, "in questi ultimi tempi hai mai visto il tuo amico Leone... un po' strano?"

"No. Te ti vedo strano."

"L'hai mai visto giù... molto giù?"

"Lei dev'essere di quelli che credono che la periferia si chiama così perché tutti si fanno le pere," sospira Lupetto.

Il Camaleonte sta per abbozzare un corsivetto di risposta quando passa un suo collega, un cronistaccio rotto a tutte le questure e i rallystampa, uno che mette in posa i cadaveri e non ha paura neanche del Grande Porcello in persona.

"Camaleonte, ho trovato questo vecchio ritaglio di giornale. Il Sandri emerito dieci anni fa fu coinvolto in un'inchiesta per affiliazioni varie e traffico d'armi. Se la cavò senza danni. Anche il figlio non scherza. Ogni tanto quando entra nei night spara per movimentarsi la serata. Naturalmente sono così ammanicati che potrebbero anche girare in centro col carro armato. Da' un'occhiata..."

Il Camaleonte legge: luglio 1975. Erano i tempi in cui lui schiaffeggiava chiunque sorprendesse col *Democratico* in mano. Lupetto che invece ideologicamente è Geronimista dalla nascita, fa finta di niente e sbircia.

Alla fine il Camaleonte esala un gran sospiro.

"Svolta decisiva nelle indagini?" titola Lupetto su tre colonne.

"Il solito vecchio dietrismo," sbuffa Camaleonte.

Lupetto non afferra. È una parolaccia?

Il Camaleonte nervoso stringe i tempi.

"Senti, aveva degli amici questo Leone?"

"Sì. Me, anzitutto. Poi Lucia la sua ragazza e Castoro l'idraulico e Giagnoni lo stopper."

"Come dici?"

"Termine inglese di calcio che si può tradurre con 'francobollo', ignorante te che fai il giornalista. Un'altra ranciata si può avere? Grazie. Poi Rosa e Cristina e Piera e Gazzelli il terzino e Tonino Pettirosso e poi molto Lee, quello che adesso è in manicomio."

"È in manicomio? Perché? Si drogava? Si drogavano?"

"Non lo so. Lee è campione di cunfù, hai presente i film, e nessuno gli va vicino quando è arrabbiato, picchia tutti, non obbedisce a nessuno, così adesso è in manicomio."

Al Camaleonte torna in mente una notizia Ansa sbirciata in redazione poco prima:

*Fugge dal manicomio giovane estremista.*

*Liviano Longhi, già noto all'autorità giudiziaria per aver scontato tre anni di carcere per detenzione di esplosivi, estremista di sinistra attualmente ricoverato nella clinica cittadina per malattie mentali, è fuggito ferendo quattro infermieri. Il Longhi che è conosciuto per essere un violento e un simpatizzante di arti marziali...*

"Come si chiama questo Lee? Il suo nome vero..."

"Si chiama Longhi," dice Lupetto, "in quanto quando è venuta la polizia chiedeva: qualcuno ha visto Longhi?"

"Ci vediamo," dice il Camaleonte.

E anche Lupetto resta solo con mezza ranciata pagata.

Franco il Formicone ha una casa con negozio annesso nel cuore del quartiere. Ha licenza pane, pasta, drogheria, frutta, verdura, bombole a gas, ferramenta, ogni anno ne chiede una. Deve il suo nome non solo alla tendenza all'accumulo ma anche alla forma tipicamente formiconica. Testa piccola, tronco rotondo e tozzo il cui confine è la cintura del grembiule che gli stringe la vita, da dove parte la seconda metà, un gran pancione bombato. Il formicone è un otto perfetto. La sua tana è tutta recintata da cocci di bottiglia e filo spinato. Ha un orto dove tiene prigioniere diverse qualità di verdure, sormontato da uno spaventapasseri in tuta mimetica. L'orto è pieno di fulminatopo, verderame, polvere antiblatte, scarafol, tanatotum e altre armi chimiche. Nessuno ha mai portato via al Formicone né un aglietto né un pomodorino. I suoi bocconetti avvelenati hanno estinto la specie dei gatti nel raggio di un chilometro, la sua casa ha catenacci da fortilizio. E neanche nel negozio potresti rubare un bottone, il Formicone ha posto all'entrata un cancelletto da metropolitana e da lì controlla i vivi e i morti, gli acquirenti e gli insaccati.

Oggi non c'è molta clientela e il Formicone, in penombra sotto un muro di carciofini, legge un giornale del tipo SuperManager. Il giornale consiglia come investire in un figlio, lui un figlio non ce l'ha, ha solo un lupo da guardia: lo accetterebbero ad Harvard? Suona il campanello d'allarme della porta ed entrano due belle ragazze del tipo compro poco parlo molto.

(Alle nostre eroine balzò il cuore in petto, entrando nell'antro di Formicone. Era il luogo inaccessibile ai raggi del sole. Trofei di membra di animali pendevano dal soffitto, e come piccole teste umane pendevano scamorze d'orrenda putredine pallide. Tra esse apparve d'improvviso la testa del Formicone che si contrasse in un succedaneo di sorriso.)

"Desiderate, signorine?"

Lucia raccoglie il suo coraggio.

"Siamo qui per Leone."

"Ah..."

"Lei sa..."

"Leggo i giornali." (Non è vero: ne legge uno solo.)

"Noi stiamo cercando di ricostruire cos'ha fatto Leone quel giorno... e ci chiedevamo se per caso non era passato di qui..."

"Non è passato non l'ho visto era un mese che non lo vedevo," dice d'un fiato Formicone.

"Però lui mi aveva detto che doveva venire qua... per dei soldi che lei gli doveva..."

"Non gli dovevo niente," avvampa il Formicone, "lui lo diceva che gli dovevo cinquantamila lire, ma io gliele avevo trattenute perché quando c'era lui in negozio mi erano sparite tre casse di birra. È lui il responsabile."

"Glielo faremo sapere," dice Lucia.

"Capisco che siete dispiaciute, signorine," concede il Formicone, "ma io lavoro e lavorando devo lavorare e non ho tempo da perdere. Il Leone è stato qui tre mesi ma non era adatto. Cantava tutto il giorno e uno o canta o lavora. Poi uno che dice: 'in fabbrica non ci resisto', mi dispiace signorine, ma che discorso è, ce l'aveva il lavoro e allora? Sa qual è la verità? Non mi tocchi le pesche che pesca toccata pesca rovinata."

"Allora non l'ha visto?"

"Non l'ho più visto da quando l'ho licenziato. Lasci stare l'uva!"

Si sente un rumore nel retrobottega. Il Formicone scatta e scopre un topo che fa le sabbiature nella farina. Il rumore della battaglia è impressionante. Quando Formicone torna nel negozio le ragazze non ci sono più. Il suo occhio esperto coglie un diradamento nella schiera dei carciofini. Ulula il suo dolore. Le mosche sbranano il suo prosciutto. Passeri rombano sul suo orto. Il registratore di cassa sta lì, minaccioso come un finanziere. E non ha neanche un figlio in cui investire.

La vita è dura per chi ha un po' di verdura.

Proprio nel momento in cui i due Rambo junior rientrano su due Makaramoto e uno sbanda abbagliato dalla Rosa, arrivano le pantere della polizia. Agenti con mitra scendono e cinturano il palazzo. Scende il commissario Porzio. Esce Sandri urlando. Esce Federì. Parlottano.

Lucia e Rosa stanno sedute su una panchina cento metri sud-ovest. Hanno ricostruito la giornata di Leone. Dal campo di calcio ha bighellonato finché l'hanno visto in un bar a fondovalle. L'ultima volta è segnalato alle quattro, mentre a piedi si dirige verso il centro. Poi più niente. Bessico.

Arriva il giornalista col gilet color tarocco e quattro agende sottobraccio. Arriva nel serraglio un'altra pantera. Cosa succede?

"Vado a sentire," dice Rosa, che non disdegna talvolta di valutare anche i carabinieri. Lucia le dice di aspettare. Alcuni piccioni le circondano con occhietti fiduciosi. Data la loro statura, non è difficile sospettare che guardino le gambe di Rosa. Rosa distribuisce carciofini che i pennuti apprezzano.

Il commissario Porzio, perno della situazione, non nasconde la sua noia per come la situazione si è complicata. Egli è un intellettuale. (Necessita che in alcuni tempi gli intellettuali rompano, in altri sostengano l'ordine.) Il commissario, oltre alle Parole Crociate legge lirici greci, opinion leader, Quattroruote. Scrive poesie che cominciano con "Il faro intermittente dell'amore" e "Neve, solo neve e noi nel nulla". Ha un'ulcera che diventa un tumore nei momenti di depressione e una gastrite quando è euforico. Possiede una laurea in legge, una moglie che sa leggere la mano, un figlio grasso, due criceti, un giardino. Ora sta annoiato in mezzo a una schiera di Mancuso Lo Pepe Pinotti che egli nel segreto detesta, ma detesta in fondo tutti, anche lui è diventato una persona di buonsenso senza troppa fatica. È sempre composto (la compostezza di un esercito è la misura della collera dei suoi cittadini). Chissà come finirà... cinque lettere...

"Se l'evaso viene, allora gli sparo io stavolta," è Sandri che parla, sempre quattro toni sopra tutti. "Qua ormai c'è tutta la feccia cittadina che ronza. È uno schifo! La mia famiglia coinvolta! Dico, si è mai chiesto perché una famiglia come la mia non è ancora in vacanza? No? Glielo dico io. Perché aspettiamo la festa per l'elezione di Cornacchia. Dell'amico Cornacchia..."

"La aspettiamo tutti," sospira Porzio, "stia calmo, cavaliere. Tra due giorni nessuno ricorderà più niente."

"Si può sapere cosa succede?" È la Varzi, incantevolmente restaurata in un tailleur pantalone di seta blu con cocolla e triplo filo di corallo che fa risaltare la bronzatura, quarzo pensa la portinaia, si sa tenere la gallina, per forza, c'avessi io quel laboratorio chimico che c'ha lei sul tavolo.

Il commissario si inchina alla Varzi con la classe di un sottosegretario allo spettacolo.

"Nulla di grave, signora. Misure di sicurezza, proseguo indagini..."

"Nulla di grave?" urla il Sandri, "un amico di quello morto qui nel giardino è un brigatista che stava in manicomio, se lo sono fatto scappare, magari adesso è qui intorno che gira per vendicarlo..."

"Oh madonna, che brutta cosa," dice la Varzi comunque distinguendosi dalla portinaia.

"Che venga!" dice Federì mostrando la sua mazza da baseball agli astanti.

Anche il signor Edgardo è sceso, però tutta quella polizia lo terrorizza, per fare il disinvolto si avvicina a Mancuso e gli dice:

"Ne vedete di tutti i colori, eh?"

Mancuso la interpreta come un "beato lei che gira il mondo" e sorride, mentalmente mandandolo però affanculo.

"Mi fa provare la pistola?" È Ramba Sei, la Sandri più piccola che entra in scena.

"Adesso basta, via tutti," dice il commissario, e con pochi cenni pastorali dirada i civili e dispone i militari, uno all'ingresso nascosto tra i cespugli, uno alle fotoelettriche, uno vicino alla fontana come una statua di satiretto.

"Lei dice che tre ci bastano?" chiede la Varzi, golosa.

"Sono anche troppi. Non succederà niente," dice il commissario, e rivolto alla truppa: "mi raccomando, occhi aperti, e tenete tutti tranquilli."

"E io vi dico..." asserisce Sandri alzando un dito.

Porzio passa sotto il dito e se ne va. Sale in pantera per far ritorno finalmente ai suoi adorati libri, alla puzza dei criceti, alla moglie legittima. E a quel cazzo di fiume... Ma nel finestrino dell'auto, vicino alla faccia precolombiana di Mancuso, ecco apparire la faccia postmoderna di Carlo Camaleonte.

"Commissario, una parola..."

"Ne scrive già tante lei..."

"Lei sa di Sandri? Dieci anni fa?"

"Sappiamo tutto."

"E lo avete perquisito?"

"Regolare porto d'armi. Nessun fucile di quel tipo. Lasci stare, non insista su questa strada."

"Mi dica lei su quale devo insistere."

"Chissà se lo scopriremo mai. Cose ben più grosse sono rimaste misteriose. Non siamo indovini. La gente è pazza. Ci si ammazza per niente. A volte sembriamo un paese africano: Sente che caldo? Proveremo a vedere se c'entra la droga."

"Dica due parole di più."

"Mancuso, andiamo."

L'inca s'avvia, Porzio s'invola, Camaleonte sparisce, Rosa appare, Lucia la segue, Federì le nota.

Federì come sapete è ben deciso a difendere il ConDominio dai nemici fino alla morte. Ma quello non è un nemico, è una biondina folgorante e anche l'amica è niente male. Federì sente che deve fare qualcosa di virile. Grattarsi il pacco non basterebbe. Allora rotea una mazza da baseball, eracleo, e naturalmente quella gli sfugge e colpisce il coccige dell'agente Lo Pepe.

Rapida giravolta e mitra puntato.

"N' facciamo 'sti scherzi, eh?"

Federì si scusa e avanza incontro alle due pupe.

"Lei abita qui?" lo contra soavemente Rosa.

"Io svolgo mansioni di vigilanza."

"Noi siamo di una radio privata."

"Quale radio?"

Lucia e Rosa si guardano e rapidamente pensano. Scartano Onda Rossa, Radio Venceremos e Radio Fagiolo Ribelle. Alla fine Lucia tenta:

"Radio Chewing-gum."

"Mai sentita."

"È una nuova radio che ha aperto Fioroni quello dei jins, tutta di musica ma con un breve notiziario da masticare in fretta e via, appunto un chewing-gum," dice Lucia.

Rosa completa il discorso ventilando con tre battiti di ciglia l'accaldato giovane.

"Beh... io ho già parlato con tanti giornalisti... cosa devo dire ancora?"

"Lei... tu hai visto com'è successo?"

"Io stavo facendo ginnastica (gioco a 'sfonda-la-palla' nei Fredericks). Ho sentito il bum. Esco e c'era quel tipo per terra. Ho capito che non era un drogato perché aveva la testa rotta il cervello fuori..."

Inventa il particolare perché gli sembra eccitante. Ma nota che la ragazza bruna impallidisce e si deve appoggiare all'amica.

"Tu non c'hai il fisico da giornalista," protesta Federì.

"Continua."

"Secondo me era venuto per rubare. Uno stravolto, con delle scarpe da tennis tutte sfondate. C'aveva anche una borsa..."

"Una borsa da calcio..."

"Boh... l'ha portata via la polizia."

"E tu credi che quando uno va a rubare si porta dietro una borsa piena di roba da calcio?" grida quasi Lucia, e il suo sguardo impensierisce il giovane.

Dal fondo Lo Pepe nota la conversazione e si appresta a intervenire.

"Senti," dice Rosa, "tu mi sembri sveglio (sorriso). Ce l'hai un'idea su chi..."

"Un'idea ce l'ho sì," confida Federì. "Vedi, qui nel palazzo c'è qualcuno che vende roba... droga, capisci la terminologia?"

"Siamo di una radio libera!"

"Quel Leone per me era un drogato. Io li conosco, da quando abito qui, ne ho fatti correre parecchi (gesto con la mano). Li riconosco a naso (se lo tocca). Giran parecchi sballati qua intorno. Secondo me quel Leone era nei guai, forse voleva della roba, vien qua, discute litiga e bum, gli sparano. Quelli non fanno complimenti..."

"E tu chi sospetti?"

"Adesso non te lo posso dire... vedi, l'agente sta arrivando. Ma se stasera venite al bar Polo, quello sotto il supermercato, dove ci sono tutte le moto fuori... ne possiamo parlare."

"E come no," Rosa lampeggia sotto i capelli.

Lo Pepe piomba nella conversazione.

"Chi sono le signorine? Niente curiosi intorno, è l'ordine."

"Sono due mie amiche," Federì cinge Rosa. Rosa ha un

brivido che Federì scambia per un brivido di piacere. Federì si eccita. Lo Pepe vorrebbe ma è in servizio.

"Una sigaretta?" fa Lucia.

"No, grazie, come è scritto due righe più su sono in servizio."

"Allora noi ce ne andiamo."

Lucia e Rosa si allontanano. Naturalmente vengono seguite con lo sguardo da Federì e Lo Pepe subito riunitisi in giuria. Federì fa un commento pesante che lo Pepe supera di molti chili. Continuano a guardare il grazioso duo biondo-bruno che si allontana verso sud, ostro, mezzogiorno, nella brezza della sera. Se guardassero a nord, vedrebbero tramontana, Lee, nascosto dentro una macchina. Ha ascoltato tutto, e ora il guerriero aspetta che la luna sia ben alta, per illuminare il volto degli uomini che mentono. Così dicono i cinesi, alcuni dei quali già svegli.

Federì tutto eccitato torna dans la conciergerie e viene investito da una nuvola di peperonata che lo lascia bisunto ed esausto.

"Porcodio sempre questa schifezza," dice Federì parafrasando Gault e Millau.

Pierina Porcospina portinaia non dice niente, cosa potrebbe dire, ne stanno succedendo di tutti i colori, i peperoni sono il meno, se li mangerà lei.

"Dov'è la mia maglietta nera!" urla Federì. Non ha ancora la violenza continua del Sandri, ma belle impennate sì.

"Nell'armadio del Gian." (L'apocopato è Gianni, detto Torquato il Topo marito della Porcospina, attualmente sotto policlinico.)

"Se è mia, perché è nell'armadio del babbo?"

"Perché sta più fresca."

(Asserzione, questa, che abbisognerebbe di parecchie pagine di approfondimento. Proseguiamo.)

È pronto per uscire Federico, rilucente di un bel catenone in similoro e giaccone da moto color smeraldo cetonia. La madre, orgogliosa, lo saluta sventolando una presina. Ormai si fa sera. Il bar Polo va a riempirsi di parsifaliani nostrani assolutamente riottosi agli studi con scritte di università americane sulle maglie. Federì gira attorno al possente muro del ConDominio e ritrova la sagoma da samurai della sua Makaramoto cinquecento cicci. Solo quando è molto vicino si accorge di un'ombra appoggiata al muro. Un ragazzo dai lineamenti indiani, la faccia scavata. Federì trasale un momento. Poi si ricorda dei poliziotti e va tranquillo. Fa male. Gli sembra di vedere un primo piano di un piede e si sveglia in un garage. Sopra di lui il ragazzo.

"Come... hai fatto ad aprire qui?" dice Federì con la mandibola in avaria.

"Io apro macchine, garage e porte," dice Lee, "e sai perché lo faccio? Perché non mi interessa cosa c'è dentro. Loro lo sanno e mi fanno passare."

Federì capisce che il pazzo è arrivato e non si sente per niente a suo agio.

"Io ti conosco, bello," gli dice Lee con voce calma, "ti ho visto qualche volta con i mazzieri di Bessico: non parliamone più, son vecchi tempi. Sono stato via a lungo. Ho dormito. Il sonno è lo spazzino del rancore come sai. E poi non sono qui per questo... c'è già abbastanza gente in galera."

"Tu sei quello... evaso dal ma... dalla ca... dalla cli..."

Federì è colpito da un attacco di balbuzie sinonìmica.

"Sì, mi sono preso una vacanza," ride Lee. "Ora, vuoi raccontare anche a me chi è questo tipo che vende roba qua dentro?"

"Io... non l'ho mai detto."

Lee lo colpisce col palmo della mano in mezzo alla fronte.

"Io non ho niente da perdere, capisci?" ride di nuovo, "e non ti starò ad ascoltare per molto. Sono abituato ai sogni, dove tutto succede subito. Mi stai ascoltando?"

Nel buio del garage, Federì trema.

"Tu sei pazzo," balbetta, "tutto quello che posso dirti è che viene sempre qui uno... dice che fa il rappresentante... ma io l'ho visto con i ragazzi, giù al bar, scambiare roba... è un tipo strano, ha sempre delle giacche di finta pelle, di una roba... sembra serpente."

"Serpente?" il viso di Lee si indurisce, "oppure coccodrillo?"

"Potrebbe essere anche quell'animale lì."

"E dove va qui nel palazzo?"

"Questo non lo so, non gli vado dietro. Mi sembra di averlo visto una volta salire al primo piano... ma non so da chi."

"Tutto qui? Sei sicuro?"

Nel buio Federì non sa neanche in che direzione parlare.

"Cosa vuoi sapere? Il fotografo tira coca, normale nell'ambiente, ma mica c'ha bisogno di spacciare. Anche la Varzi una volta me ne voleva dare... ma è perché lei la usa da brumeggio... insomma sai, le tirano i giovanotti. Capisci? Anche al quarto piano fanno delle feste con delle bambine, nel senso di piccole, di giovani, di minorenni e una volta m'han chiesto se gliene trovavo... non delle bambine eh, delle amfe, amfetamine. Perché dicevano, essendo tu uno sportivo (io gioco alla palla nei Fredericks). Ma io non c'entro, io sono pulito, l'hai detto tu stesso non sono più quei tempi, adesso stiamo preparando una festa in costume Fredericks for Africa... ehi ci sei?"

La serranda del garage cigola. La luce entra un momento poi è buio di nuovo. Federì si lancia contro la saracinesca urlando:

"Il matto! Prendete quel bastardo! Polizia!"

A questo rumore scattano insieme Lo Pepe e Pinotti scontrandosi appena dietro l'angolo. Aprono il garage. Cercano nel giardino. Avanzano oblati per lunam. Nessun pazzo in vista.

"Se ne è andato, quel porco," dice Federì, "mi ha colpito alle spalle con una mazza di ghisa."

"Cosa succede?" chiede Edgardo estroflesso dal terrazzo come un paguro.

"Meglio non spaventare tutti, tanto il matto se ne è già

andato." bisbiglia Lo Pepe. "Niente, va tutto liscio, signore!"

Edgardo si tranquillizza. Pinotti contesta al collega l'uso dell'aggettivo "liscio" definendolo non degno di un militare. Passeggiano qua e là, curiosando tra le aiuole, puntando il mitra contro cavallette guerrigliere ben mimetizzate. La sera sta sospesa e silenziosa, appena mossa dalla brezza di una autoradio lontana. Improvvisamente Edgardo sente la porta dell'appartamento di fronte schiantarsi. Non ha il coraggio di andare a vedere cosa succede. Sente frugare dappertutto. Corre alla finestra. Pensa che non può certo sospirare "aiuto" ma se urla, quello magari sfonda anche la sua porta. Decide per una via intermedia, un "aiuto" a mezzo tono, un po' teatrale, come se stesse provando l'intonazione.

"Aiuto..."

Esce in terrazzo la Varzi-Oleandro con una maschera alla rucola sul faccino.

"Cosa fa signor Edgardo, canta?"

"Signora, hanno sfondato l'appartamento del fotografo di fronte a me..." La Varzi, che è dotata di sistema di allarme autonomo, strilla per circa trenta secondi.

Il casino che ne nasce è magnifico. I Sandri escono armati per complessive sei pistole. Lo Pepe conquista l'ascensore, decolla, e finisce inutilizzato al quarto piano. Su per le scale galoppa il resto delle forze dell'ordine, sbattendosi i mitra nelle caviglie. Entrano e trovano l'appartamento devastato. Su un tavolino, unico mobile integro, in bella mostra valuta straniera e foto compromettenti di personalità cittadine in pose biotte anal, oral, sadomaso, acrobatico, si-fa-quel-che-si-può.

*La polizia sospetta un giro di ricatti. Sono attualmente al vaglio degli inquirenti alcuni taccuini di indirizzi. Si ricerca attivamente il fotografo Pipistrello nonché altri frequentatori dell'appartamento. Di Liviano Longhi nessuna traccia. Gli abitanti del palazzo, già duramente provati dall'episodio dell'omicidio, hanno chiesto alla polizia adeguata scorta. Ci si chiede come il giovane sia potuto* penetrare *(troppo forte, correzione del Frenatore) sia potuto* entrare *liberamente nell'appartamento e mettere tutto a soqquadro. A tal proposito c'è da rilevare una dichiarazione dell'onorevole Cornacchia che ha detto due punti...*

Carlo Camaleonte batte e scrive e fuma e batte.
Dal terrazzo del Bessico si vede Monte Tre e viceversa. È una notte limpida. Sarà la notte in cui molte cose, forse, si sveleranno.

## Secondo movimento
## LA NOTTE

Man mano che la notte arrivava in città la salutavano parole luminose. Alcune erano lunghe e pulsanti, tremavano e camminavano invitando a film e snack e ristori, altre erano semplici punteggiature, virgole di lampioni, esclamativi di semafori, file di punti rossi di auto incolonnate. Luci pallide illuminavano nelle vetrine manichini ambosessi, e i branchi di scarpe negli acquari, e le tombe delle banche. Luci si univano e si dividevano in combinazioni rosso e giallo e indaco e violetto sui muri e sui marciapiedi. I vetri specchiavano e sovrapponevano la scena, così dai cartelloni dei cinema gli attori si sedevano nei bar, scritte in slang americano si affiancavano a Da Gianni al Briciolone, passanti si vedevano con un brivido invitati nei gelidi salotti dei manichini. Le finestre dei grattacieli brillavano a sciame fino a sembrare stelle basse, mentre di alcune stelle avresti potuto pensare che si potevano spegnere con un interruttore. La grande Pera sul comodino di Dio, pensò Lucio, quando comincio a pensare queste cose vuol dire che sono cotto.

Perduto nella metropoli con la Bice trainata a mano, pochi dì dopo il suo settantesimo compleanno. Da via Bessico lo avevano cacciato due poliziotti stronzi ma cortesi. Camminava ora tra due file di Notturni accalorati, alcuni col braccio terminante in un gelato, altri armati di lattine a gas, altri in procinto di armarsi. Dal bar venivano suoni di votacanzoni e imbecilli singoli, in complesso e in banda revival: dalla strada esplosioni di clacson. Lucio Lucertola si chiuse le orecchie con le mani cercando silenzio e si trovò in un abisso profondo, una vibrazione di oceano. In quel momento i cinesi si avviavano al lavoro in bicicletta, suonando tutti insieme i campanelli come grilli. Lucio Lucertola riaprì occhi e orecchie. Guardò con appetito una farfallona notturna, una Saturnona con vestito maculato, e le tenne appiccicata un po' addosso la lingua predatrice dello sguardo.

"Vecchio lombrico," lo sgridò Bice.

"Lubrico, si dice."

"Quella cosa lì."

Lucio appoggiò la fedele destriera a un muro e si mise ad ascoltare il rumore dei notturni che marciavano.

Quádrupedánte putrém sonitú quatït úngula cámpum.

"Verso onomatopeico che suggerisce cavalli in corsa," spiegò, "di Virgilio Marone."

"Morto anche lui giovane?"

"Nato nel 70."

"Poveraccio! Neanche vent'anni. Fatti un gelato e non pensarci," consigliò Bice.

Lucio decise di seguire l'indicazione del velocipede, e brandendo una cartamoneta da cinquecento entrò nella locanda sormontata dalla parola luminosa "Ice cream". Subito vide che le cinquecento lire non avrebbero potuto comprare neanche un sospiro di mirtillo.

> Nulla rende l'idea del tempo passato
> Quanto il crescer del prezzo del gelato

Compose Lucio lì per lì. Dietro un bancone un camerierino Pierino Pinguino bianco e nero distribuiva coni di colori composti con sapienti pennellate. Scorreva di anime una lunga fila e ogni anima, ottenuto il dipinto, si allontanava colante e appagata. Vide un uomo con un Everest di limone, una donna con un Matisse al lampone, un Curval con una guaniera di gianduia, un bimbo con un Gauguin di frutta, una bimba con un Klee panna e cioccolato e un piccoletto con un gelato azzurro, di un azzurro assai particolare.

"Beato Angelico," suggerì Lucio.

"Puffo," corresse Bice.

Mentre la fila lo portava, Lucio vide in un angolo un fanciullo dell'età di circa undici anni che osservava la scena con invidia e tormentava nelle mani monete metalliche evidentemente non bastanti. Lucio lentamente si spinse, anzi fu spinto dalla massa dei Notturni verso il banco e mentalmente pensava a come comporre la dissetante polifonia su cui avrebbe elevato il cantus firmus di molta panna, lievemente salivando nell'attesa.

Lupetto salivava in risonanza.

L'uomo davanti a Lucio Lucertola chiese banalmente tutta nocciola. Un bruto. Poco di meglio fece il ragazzo che lo seguì, panna e nocciola. Lucio pensò che solo un gelato così concepito fosse adeguato alla sua personalità:

Mirtillo ananasso anguilla crema cinesi zabaione batteri banana e inizio finale.

"Da quanto signore"? lo destò Pierino Pinguino che era ora davanti a lui.

"Da duemila."

"Che gusti?"

"Crema e limòn con un poco di panna."

Nel coniare questo endecasillabo Lucio sentì lo sguardo di Lupetto trapassargli la cervicale in un disperato appello. Si voltò. Si guardarono.

"Ma tu non sei il fratellino di Pio?"

"Sì, sono io."

Mai rima suonò così commovente nella storia delle simpatie. Ma è ancor nulla in confronto a ciò che seguì.

"E tu non prendi niente?"

"Non ho denaro sufficiente."

"Offro io, naturalmente."

"Prendiamo il gelato o facciamo le poesie?" gridò un zanzarone impaziente alle spalle di Lucio.

"Come lo vuoi il gelato?" chiede Lucio.

"Se lo vuole fa la fila," dice l'impaziente.

"Via, è un bambino," interviene una notturna di buon cuore.

"Fan la fila anche i bambini, guardi, lì ce n'è uno".

Si discute, la tensione sale. Il Pinguino osserva senza commenti.

"Allora, nonno, prenda il suo gelato e si levi dai piedi," ribadisce il zanzarone.

"E se io ne voglio due dei gelati? Posso?" dice Lucio con tono di sfida.

"Non può! È chiaro che poi ne dà uno al bambino."

"Ah sì?" dice Lucio, "mi dia sei gelati da duemila, uno per gusto."

Il pinguino esita.

"Ho detto sei," e Lucio stende sul bancone il grisbì.

Ciò fatto impugna con aria trionfale e passa davanti al zanzarone impaziente con sei coni gelati ben alti sul capo, come una corona regia.

"Esibizionista," ringhia l'altro.

"Grazie," dice Lupetto all'uscita.

"Per un amico si fa," dice la Lucertola.

Dopodiché si ritrovano seduti con una quantità di gelato quale avevano visto solo nei sogni, Lucio infiniti anni prima, Lupetto recentemente. Lucio cede al piccolo il crema e il fragola, durante la quale operazione il nocciola si schianta e rimane conficcato al suolo come un tuffatore in basso fondale. Accorre un cane salcicciometiccio e inizia a ripulire coscienziosamente. Lucio addenta il panna, osservato con curiosità dai passanti che si indicano l'un l'altro il vecchietto tricorno.

Ecco che viene un cameriere.

"Non potete star seduti se non consumate."

"Più di sei gelati, cosa dobbiamo consumare?"

"Lei li ha presi al banco. Al tavolo c'è il sovrapprezzo."

"Accetta un gelato in pagamento?"

Il cameriere non ha voglia di scherzare. Lucio non ha

voglia di alzarsi. Sarebbe un dramma, se Lupetto non decidesse per tutti e si allontanasse con tutti i gelati addosso. Dopo duecento metri ha ingoiato il crema. Dopo seicento ha liquidato il pistacchio. Al chilometro ha fucilato il fragola. Fa secco il limone e dichiara alla stampa:

"Ora sì che va meglio."

"Alla faccia!" dice Lucio.

"Senta, perché invece di portarla a mano non ci sale sopra a quella bicicletta?"

"Buona idea."

Lucio sale in sella. Lupetto balza anche lui sopra al cannone. Questo non era previsto.

"Dove andiamo? Ti riporto a casa?"

"Niente affatto. Sono in missione. Sto indagando su Leone."

"Se è per quello anch'io," dice il professore.

"Io ho scoperto molte cose interessanti," dice Lupetto.

"Io niente."

"Allora guido io le operazioni. Professore, pedali a destra."

"Tieniti stretto."

"Non sarai un po' pedro?" dice Lupetto.

Escono dalla strada principale e svoltano per una stradina tutta sampietrini. Bice ci ballonzola sopra con abilità finché si fermano davanti a una grande parola luminosa:

HAMBURGER HOUSE

Sembra Germania invece è Stati Uniti, dentro è tutta vera plastica Usa con sedie verdi tavoli verdi inservienti col berretto da marine. Si servono sfere di pane al bue macinato con o senza caucciù.

"Credo si dica ketchup," dice Lucio.

"Adesso ti spiego perché siamo qui," dice Lupetto, "ma prima entriamo."

"Non sono mai stato in un posto come questo," dichiara Lucio.

Si vede. Appena entra gli sbarbi e le sbarbe commentano salacemente l'entrata del nonnosauro. L'inserviente stesso tiene a precisare: Signore, qua abbiamo solo hamburger.

"Che sono appunto il mio piatto preferito," grida Lucio, "me ne dia sei!"

"E sei ranciate in bicchiere di polistirolo," aggiunge Lupetto.

"Mentre aspettiamo, raccontami," dice Lucio. Non ha finito la frase che le sei sfere contenenti bue sono già lì.

"Ce lo vuole il caoutchup?" chiede l'inserviente.

"E come!" dice Lucio. Ribalta la bottiglia, mira, e la sfera col bue scompare in un lago di sangue.

"Bisogna andarci piano col check-up," dice Lupetto, che tra "ndarci" e "piano" ha già dimezzato la sua sfera.

"Lo so," mente Lucio, "ma mi piace troppo."

Ne fan fuori due (di hamburger), ne restan quattro.

Gli sbarbi e le sbarbe non ridono più e si fanno i cazzi loro.

"Ti ho portato qui," dice sottovoce Lupetto, "perché c'è sempre casino e nessuno ci sente. Sto seguendo una pista importante! Dentro al palazzo di Bessico c'è un certo Sandri che anni fa ha combinato qualcosa di mosco losco. (Ingoia) molto losco. Qualcosa che si tiene nascosto."

"E tu come lo sai?"

"Amici nella stampa," dice Lupetto.

(Ne fan fuori due ne restan due.)

"C'è una sola cosa da fare, allora," dice Lucio. "Io conosco una signora che ha letto tutti i giornali ogni giorno negli anni scorsi. È come un computer. Si ricorda tutto quello che è successo ai pezzi grossi: scandali, matrimoni, tumori. È una signora molto in gamba. Oltretutto adesso frequenta il mondo che conta."

"Giornalista?"

"Non proprio."

"Cioè? Non capisco. Lo finisce lei l'ultimo o lo mangio io?"

"Caro Lupetto, non so come spiegarti. Diciamo che nelle

lunghe attese e tempi morti del suo mestiere tutte le notti leggeva due, tre giornali. Inoltre il suo mestiere la metteva in contatto con ogni genere di persone e..."

"Ho capito, è una troia!" urla Lupetto.

Gli sbarbi e le·sbarbe si voltano tutti nella loro direzione.

"Parla piano..."

"Dài, andiamo dalla tua signora."

"Sei troppo piccolo."

"Balle! Ne so già abbastanza."

"Ma fammi ridere!"

"Fammi un esame, professore."

"Cos'è un preservativo?"

"Non lo so di preciso, ma una volta te ne ho tirato uno pieno d'acqua in testa dal secondo piano."

"Ah, sei stato tu!"

"Io su ordine di mio fratello."

"Uno dei miei scolari più fetenti."

"Mi faccia un'altra domanda, professore."

"Quante fidanzate hai avuto?"

"Quaranta."

La bugia è così grossa che necessita di indagini, di altri due hamburger e di una birra alla spina. È decisamente una notte senza precedenti nella vita dell'intrepido professore e del suo giovane scudiero.

Un chilometro a est, Lucia saluta Rosa che va a lavorare cameriera al Pulaster, ristorante chic spigole fresche aragoste vive o almeno morte serenamente.

Lucia passa davanti al bar dove si è fermata qualche sera fa con Leone. Il cameriere, un gatto occhialuto, la saluta.

"Da sola stasera? È scappato con una bionda?"

Lucia gli sorride, non dice niente. Cammina e parla con Leone, gli spiega perché solo ora capisce com'era difficile e rara la sua allegria, come gliel'ha sempre invidiata. Leone le risponde come qualche sera prima, vorrei essere come te, avere il tuo semplice coraggio, non il mio che qualche volta è con la sciabola e a cavallo. Ma un giorno forse imparerò.

"Secondo te," dice Lucia, "esistono le persone fortunate?"

"Noi," dice Leone.

"Anche adesso?"

Leone non risponde, la folla le viene incontro.

"E quelle che sono sfortunate?"

"Tante," dice Leone, "ma forse quelle fortunate le aiuteranno."

La voce di Leone scompare coperta dall'urlo lacerante dell'allarme di un'auto. Un uomo passa correndo. La gente si volta appena a guardarlo. Lucia si sente d'un tratto come se respirare non le bastasse più. La testa le gira. Si siede sul marciapiede, le si sfila una scarpa. Una coppia le passa davanti, borbottando qualcosa di ostile. Si fermano due giovani militari. Uno le chiede se ha bisogno, l'altro lo trascina via per un braccio. Passano gambe e scarpe, Lucia nemmeno riesce a guardare. Davanti a lei vede ora un paio di pantaloni color tabacco e una mano le accarezza i capelli. Lucia alza la testa a fatica e contro la luce bianca di un negozio vede Lee. È molto dimagrito, ha i capelli rapati a zero. Ma non è cambiato non è diverso, non è...

"Neanche tu," dice Lee, "ce la fai ad alzarti?"

"Tu qui... ma sei pazzo," dice Lucia, e le viene da ridere. Proprio la prima cosa da dire a uno scappato dal manicomio! Anche Lee ride, il volto è il solito, sembra che abbia la febbre, ma è tranquillo, poche volte lei lo ha visto così tranquillo.

"Ti stanno cercando tutti e tu passeggi in centro! Devi nasconderti, subito!"

"Non voglio nascondermi," dice Lee, "ho poco tempo e molte cose da fare. Vieni, ho una macchina."

Lucia si lascia portare fino a un'auto rossa. Lee la mette in moto unendo i fili strappati dell'avviamento. Poi accende subito l'autoradio.

"Abbiamo anche la musica," dice.

(In every dream home an heartache – Roxy music.)

Guida piano, prudente, ogni tanto chiude gli occhi come se gli desse fastidio la luce. Lucia vede che ha un maglione e un paio di scarpe troppo grandi per lui, chissà dove li ha presi. Lee inizia a parlare, uno di quei fuochi di artificio che lei ben conosce. Devo trovare un uomo. Si chiama Coccodrillo. Spaccia. O forse non è lui. Sai se Leone si bucava? Tu dici di no, ma spesso non si dice neanche a chi ti sta vicino. No, hai ragione tu, Leone non era il tipo. Però cosa faceva lì a Bessico? C'è quel tipo, Federico, un fascista ripulito, l'ho preso da parte, mi ha spiegato le virtù di quel palazzo. Ho imparato a imitarli sai, a volte cammino e parlo come loro, sento quello che pensano, non ci credi? Mi hanno portato via i miei libri, certi vanno bene altri no, dicono, proprio come in carcere, e anche sei punture di Zerol mi fanno e io mi alzo e corro via e loro ci restano di merda, il dottore ha detto, questo è come se c'avesse dentro un'altra chimica, ed è vero, non guardarmi così: è la scienza che lo dice, tutte le volte che guardi più profondamente una cosa, trovi nuovo disordine, nuove particelle, figure nella polvere e tutto quello che sapevi di quella cosa salterà in aria. Hai mai visto i matti guardare sempre nello stesso punto? Tu non sai cosa possono vedere e non sai perché resto sveglio e non voglio salvarmi ad ogni costo, non guardarmi così. Una volta ci somigliavamo, eravamo tre note di un accordo, leone cina e zingara, ma poi c'è un punto in cui i fili si rompono e gli altri si allontanano. Ma i bastardi li vedo bene sì, quelli sono ancora al loro posto pazzi di rabbia perché per una volta li abbiamo smascherati, e non ce la perdoneranno mai nei secoli dei secoli e allora è guerra, non farmi i tuoi discorsi miti, la mitezza è un privilegio grande ma il dolore la avvelena in un attimo, io esco da quella galera e la città è peggio che mai, la gente cade per terra, parla da sola, vomita e crepa e tutti passano e non hanno visto niente, e si affrettano a dare nuovi eleganti nomi alla loro corruzione, e ogni tanto parlano dell'uomo comune, ipocriti, l'uomo comune che vi piace è stupido e avido come voi, così lo vorreste, un vigliacco che può ammazzare per vigliaccheria, mentre loro ammazzano per necessità, per i loro divini soldi, Lucia, sono loro ora gli estremisti, violenti assassini estremisti dell'ideologia più ideologia del secolo, un'economia più sacra di una religione, più feroce di un esercito, ricordatelo bene con un brivido quando tutto salterà in aria, quando si oscurerà, malattia senza sintomi, caos di geroglifico incomprensibile e voi sempre più crudeli informati impotenti in mezzo alla strada, e chi raccoglierà i frammenti allora gli oggetti i rottami, magari ci fosse qualcuno, magari ci sarà davvero Lucia, questa è la speranza e intanto brucio e non c'è nessun patto da firmare né col diavolo né con la rassegnazione, Lucia, siamo un'altra cosa da sempre fortunatamente e non guardarmi così no, non ho finito, te lo dico io chi ha ucciso Leone, forse uno di questi che una volta facevano i compagni e hanno spacciato per anni e dicevano che erano i fascisti, col cazzo, vieni con me a vedere chi sono, oppure hai paura, scusami non venirci, son posti schifosi ci nuota il coatto si dice adesso, come suona bene, peccato che tutti i compagni non siano come te Lucia, vieni a vedere questo Coccodrillo spia della polizia, me l'ha venduta tante volte la roba e quando ho smesso me la lasciava gratis sul sedile della macchina, generoso, vero? Come quelli che ti lasciavano l'esplosivo in casa e dicevano ognuno deve fare la sua parte, eppure c'è chi mi ha salvato tante volte, parlato, anche tu Lucia, e ci sarà alla fine una verità Lucia e scopriremo la verità giù nell'acqua e su fino al più altissimo porco non ci credi? dimmi di sì, io brucio dentro questa storia e non ne vedrò la fine, ma scopriremo la verità, perché se c'è solo un po' di verità c'è speranza e chi l'ha fatta brillare ha fatto abbastanza e non importa se poi non si salverà, salvarsi per avere cosa, questo mondo dove continuano a insultare chi è debole, Lucia, se penso a tutte le persone pulite che ho incontrato e continuano a offenderle Lucia, le uccidono, non ci sono parole per questo delitto, non si può sopportare tutto questo capisci Lucia quando sono nella mia stanza e qualcuno urla anche con gli occhi si può urlare Lucia, Lucia mi chiedo, che cosa è successo, perché fingete di non vedere, vorrei capire qualche volta Lucia, ma sapessi che musica nella testa, negli oggetti consumati, e dopo quanto veleno ti senti addosso Lucia, e allora pensa se non fosse così, se non ci credessi più, se fossi perbene Lucia saremmo una coppia normale, io e te, al ritorno dal cinema andremmo a casa e non saremmo perduti in una città di notte, ma quelli perbene forse sono perduti lo stesso Lucia, ma se almeno ascoltassero, se capissero che l'altra metà di verità per quanto si può raccontare solo urlando è l'altra metà necessaria, non si può tagliare via non si può dimenticare, alla fine solo il dolore esiste come esisto io, un matto per strada, un matto è una persona che non sa dove andare, niente di più Lucia, tu puoi capire, tu che sei benedetta tra le donne, tu che mi hai visto felice, tu che sei coraggiosa tu che a volte mi hai lasciato solo come un cane tu che adesso per favore scendi non guardarmi ti dico, questo è un sentiero per comici spaventati guerrieri e io non voglio né vincere né perdere solo che tu mi ricordi e dopo che mi anneghino nello zero di quelle medicine e mi chiamino come vogliono e tornino a raccontare le loro storie, non sono vere, manca metà, tu lo capisci cara, almeno tu e allora scendi per favore.

"Vengo con te," disse Lucia.

A quell'ora di notte la situazione degli altri personaggi non è delle migliori, e non solo per il caldo. Il commissario ha intrapreso e vinto tre Crociate per solutori più che abili, ma il fiume dell'Eritrea è ancora lì con due implacabili caselle bianche che ne desertificano il percorso, orribile diastéma nell'ordine. Porzio è uomo d'ordine, intellettuale, guida al paese. Non porrà quindi mano a Enciclopedie, né ricorrerà a cartine geografiche. Quel nome dovrà riaffiorare alla sua mente così come un delitto a un'indagine, o una colpa alla coscienza. Questo non toglie che sia sommamente infelice e che potendo sarebbe lieto di organizzare rappresaglie contro l'Eritrea e tutti i suoi negracci.

Quanto al giornalista Carloleonte, legge e rilegge il pezzo che ha scritto e non ne è convinto. Prende il gilet orange, sale sulla Fiat Porcellino e scompare nella notte.

Nella notte medesima il ConDominio, bianco di luna, è più chiaramente che mai Cesso ed Enorme. Vari stati d'animo agitano i suoi abitanti. Pierina Porcospina farcita di peperonata fredda dormiveglia davanti al televisore e nei suoi sogni si alternano presentatori in smoking, carabinieri, presentatrici in lamé e fucilate che abbattono i cantanti all'apparire sul palco. Dio mio mai più che brutto incubo e

Pierina arranca verso il letto sui cingolati di due pantofole di pelo conigliomorfe.

Federì appena tornato dal bar Polo dove non ha trovato le due pupe della radio libera esprime la sua insoddisfazione facendo rombare lo scarico della sua Makaramoto. Lo ode dal primo piano Edgardo, ma non chiama certo la polizia, oh no, egli è molto più preoccupato per le perquisizioni che per il matto sfondaporte, e sta stracciando assegni e sospira, non ci voleva una cosa così proprio ora che aveva trovato da investire in monolocali. La moglie d'Edgardo è a letto con tappi nelle orecchie e si ascolta il polso che trotterella tra le novanta e cento pulsazioni il minuto. Poiché le sembra di sentire ogni tanto un "uh" di samba nel ritmo, prende un pillolino di Ritmol e uno di Zerenott, mentre il cane la guarda apprensivo cercando di ricordarle che anche stasera si son dimenticati di dargli da mangiare. Il figlio dorme sereno in quanto illeso.

Secondo piano. Il Lemure non c'è, è andato a dormire in albergo.

Terzo piano. La Varzi nasconde le collane. Due le ha messe in un vecchio paio di mutande in un recesso dell'armadio. Quella di corallo l'ha trivellata in fondo alla terra di un ficus. Gli anelli sono tutti in frigo, chi in bocca a un pesce chi annegato nella maionese. Ma il collier di ametiste, quello che sembra la collana della fidanzata di Maciste con pietre viola da un etto, quello dove lo si può nascondere? E il rubino sudafricano? La vita è dura per chi ha un po' di verdura.

Ridiscendiamo al primo piano. Sandri guarda un film di guerra e gli piace, è uno di quei film dove tutti dicono "che sporca cosa è la guerra" ma si capisce che invece il regista pensa che è bella ed eccitante. È così rassicurante pensare che per mille coglioni che parlano contro la guerra ne basta uno fidato che metta un po' di tritolo nel posto giusto per riaccendere tutto, come il gas. Sandri guarda la sua collezione di pistole e la trova più bella e fatale di qualsiasi collezione di pipe. Dopo il film c'è un dibattito con un intellettuale pacifisso. Stronzi. Abbiamo letto anche noi, cosa credete? L'Iliade è un libro sull'ira, l'Odissea sull'incazzatura di un dio vendicativo e l'Eneide un massacro e l'Orlando è furioso e la Gerusalemme mica la liberano col carro attrezzi e Shakespeare finisce sempre a spadate e Don Chisciotte non l'ho letto ma se è Don sarà tipo "il padrino" con sangue e mitragliate. Si guarda allo specchio, gonfia il torace, si trova niente male. Non come Rambo, ma non importa. I Rambi passano, i Sandri restano.

Ultimo piano. Gli uffici della Videostar sono illuminati. Una pellicola si torce nell'agonia del fuoco. Bruciamo anche quella. Quella teniamola, la porto io fuori Italia. Poi escono.

Nel giardino quattro guardie fanno la guardia.

Il volitivo Lo Pepe pensa alla fidanzata e sospira fuori ordinanza.

L'astuto Pinotti fuma e non pensa a niente che è pur possibile.

Il solido Olla pensa a come sarebbe bello essere in riva al suo mare con una birra e prendersi tutto il fresco del maestrale, e andare a mollare i tramaglioni per l'aragosta, e magari mangiarsela con il suo sugo proprio di lei e dopo seadas e gueffusu e pappasinus e invece itecazzu son qui porcodeu camadonna agente in continente. (Olla pensa molto rapido rispetto agli altri.)

Il paziente Santini pensa al ragazzo morto e prova molta pena e pensa a com'erano belle le due ragazze che sono venute nel pomeriggio e com'era buffo quel vecchio con la bicicletta a mano che ha dovuto rimandare indietro.

In quell'istante il cavaliere Lucio della Lucertola e il suo giovane scudiero uscivano dalla locanda ove avevano speso una discreta somma in beveraggi e sfere di cereale ripiene di bue stritolato e salsa cinese chengchung. Quale fu lo stupore del vecchio cavaliere quando si accorse che il fedele destriero Bice gli era stato fraudolentemente sottratto! Egli, se pur nobilmente, si indignò e gridò:

"Porcamadosca m'han fregato la bicicletta!"

"C'avevi messo il lucchetto?"

"Quale lucchetto! Io non giro mai di notte. E nel mio quartiere non me l'hanno mai fregata!"

Il giovane scudiero gli spiegò che nel loro quartiere forse no, ma nella casbah notturna lasciare un destriero senza cintura di castità era come sfidare Mercurio stesso, protettore dei ladri riciclatori di biciclette. Epperciò era stato fesso e giustamente punito.

"Ahimè," sospirò il cavaliere, ebbro per le abbondanti libagioni di birra (il checkup non è alcolico).

"Magari me la riportano," dice.

"Lo escludo," lo incoraggia Lupetto.

"Come fai a dirlo?"

"La sua Bice a quest'ora è già stata dipinta di un altro colore e insomma non è più la sua Bice..."

"E appartiene a un altro."

"Proprio così."

"Sarebbe come se un giorno ti portano via la fidanzata bruna e poi la vedi al braccio di un altro, bionda ossigenata e col naso rifatto?"

"Proprio così."

"Tutto ciò è molto crudele," dice Lucertola. Se ne vanno per la marea dei Notturni, il cavaliere beccheggiando, lo scudiero trotterellando dietro. Sono ora diretti verso l'antro di Bruna la Balena, ex-cortigiana ora proprietaria di uno dei ritrovi più alla pagina della città, frequentato da nobili, nanager, dame e maggiordomi, il filetto della nazione.

"Si può sapere dove stiamo andando?" chiede lo scudiero.

Al cavaliere non sfuggono le molteplici implicazioni filosofiche della domanda, ma si limita a rispondere:

"Zitto e cammina."

"Sono stanco nonché mi fanno male i piedi."

"Anch'io."

Si siedono a un tavolino.

Ecco che arriva un cameriere.

Si siedono su un marciapiede.

Non arriva nessuno.

"Com'è questa signora Bruna?" si informa Lupetto.

"Era bellissima, era come una perla nel manto della notte."

"E voleva molto?"

"Non mi ricordo."

"È molto che non scopa, professore?"

Il professore alza un sopracciglio e sta per dare una risposta definitiva a quell'impertinente. Ci pensa un po' su e dice:

"Sì, in effetti è un bel po' di tempo."

"Io mai," dichiara Lupetto.

Queste due parole commuovono il professore che sorridendo stringe a sé Lupetto che ribadisce:

"Non sarai un po' pedro?"

"Mio giovane scudiero! Beato te, che presto tremerai al supremo impulso della natura. In questi tuoi tempi non è difficile conoscere l'eros. Ai miei, per vedere una coscia nuda su un giornale, ci volevano anni di appostamento. Adesso avete sui giornalini una tale concentrazione di materiale erogeno che solo una pagina, dico una pagina, avrebbe causato nella nostra generazione la perdita di varie ore lavorative e diversi slogamenti di metacarpi."

Lupetto capisce tutto meno l'ultima parola su cui ha dei dubbi.

"Ma tu una fidanzata adesso ce l'hai?" gli chiede il cavaliere.

Lupetto volge gli occhi alla luna e dopo breve riflessione risponde:

"Ce ne sono tre che mi piacciono. Lucia ma è troppo grande, Lucinda coda-di-volpe ma è troppo piccola, la Barazzutti ma è troppo stronza."

Riprendono il cammino.

"E lei, professore, è fidanzato?"

"Io sono vedovo."

"Ma per essere vedovi bisogna prima essere fidanzati, no?"

"Esattamente."

"E com'era la sua fidanzata?"

"Del tipo moglie. Alta, altera, triste, a volte un po' scostante e fredda."

Silenzio di Lupetto.

"Però l'amavo... ma avrei voluto da lei... più calore, non so se capisci. Per cui mi feci un'amante."

Stasera il professore sta proprio mollando gli ormeggi.

"E come finì?"

"Era la moglie di uno stimato collega, il professore di disegno. Fu un dramma. Anche i bidelli ne furono sconvolti."

"La capisco. Anch'io mi sarei fidanzato con Lucia, se non c'era Leone..."

Tacciono. Ora ricordano cosa stanno cercando. Giungono davanti alla parola luminosa "MoreFun" alle ventitré e venti. Notturni a coppie a tris a mazzetti entrano sotto un pergolato di similuva illuminato da fari tipo set cinematografico. Quasi tutti sono abbronzati, anzi tutti meno i nostri due. Che però pallidi e decisi si avviano all'entrata.

Giorgio il gorilla buttafuori li blocca con una zampa enorme.

"Nunsepò," dice in giapponese.

"Nunsepò in che senso?"

"Nunsepò entrà."

"E perché?"

"Decido io chi pò e chi nonpò. Vadi a prendersi un gelato, lei con il pupo."

Dall'alto dei suoi sei gelati e del suo orgoglio, Lucio investe il gorilla con una tale quantità di insulti che quello non sa più cosa fare, si gratta la testa e pensa: come si fa a menare un vecchio spalleggiato da un bambino dell'apparente età di undici anni?

Richiamata dal clamore esce la signora Spermaceti, alias Bruna la Balena. Indossa un vestito di squame di triglia con collana di bottarga, sui capelli una lisca d'oro e scarpe di puro ghiozzo serpentato. Lupetto la trova cromaticamente quasi più bella della maglia della Sampdoria. Il professore resta a bocca aperta. Anche la Bruna, la cui bocca è tre volte quella del professore, spalanca ed esclama:

"Professor Lucertola! Lei qui! Questa poi!"

"Sono passati parecchi anni," dice il professore che sa che come sopravvive lui modestamente ce n'è pochi.

"E cosa fai qui?"

"Volevo parlare con te. Entriamo?"

"Tu e il giovanotto?"

"Sì. È il mio fedele compagno."

"Non sarai un po' pedro?" dicono la Balena e il gorilla.

Così entrano al MoreFun. Dentro cripta e candele, un'at-

mosfera da Tomba di Giulietta. Lupetto ha gli occhi che
sfavillano. C'è pupe al quarzo, uomini che non devono
chiedere mai, industriali benefattori di Italy for Svizzera,
giornalisti scomodi stravaccati su divani, il famoso comico
che ha inventato la frase facciamo un casso avanti, indossat-
tori e indossatrici e sui tavoli ranciate e liquori, ma non
viene il cameriere a romperti i coglioni; sono loro che
chiamano il cameriere con un gesto autoritario, come
l'arbitro quando ammonisce il giocatore, venga un po' qua
lei. E c'è un reparto restaurant molto chic nouvelle cuisine
dove si mangiano gli spaghetti alla pompinara e il risotto coi
cazzi di mare. Nell'aria suonano

> Your love is king
> crowned in my heart...

E due fanno a cazzotti. Ma sono un viceministro e un
disegnatore di moda.
"Vengo subito," dice la Balena, "intanto bevete quel che
volete."
Scompare, dimenando la coda fosforescente.
Si accomodano in un divano azzurro che è come sedersi
nel pongo.
Chiamano (loro!) il cameriere.
Ordinano una ranciata e un fernet alla menta.
Si rilassano.
Quasi si addormentano.
Lupetto dice infine:
"Professore, ma allora sei proprio conosciuto qui."
"In gioventù ebbi un periodo mondano."
"Come la signora Balena?"
"Non proprio. Il mio fu in passivo."
Alcuni notturni li guardano con curiosità. Il professore
spiega a Lupetto i vari settori di attività che compongono il
cocktail mondano.
Vicino al loro tavolo, un tavolo di cinematografari, tra
cui il team Videostar. La conversazione tra loro è la
seguente:

"Sì, ma se ffa inculà?"

"Le ho dato il copione."

"Sì ma se ffa o nun se ffa?"

"Mi darà una risposta... in quanto agli esterni..."

"Esterni 'sto cazzo. Se se ffa inculà er film şe fa, se nun se ffa ce famo nculà noi..."

"Se nun se ffa lo chiediamo alla Murzi."

"Ma la Murzi nun se ffa 'nculà gliel'ha già chiesto Scaffardoni che le dava quattrocento mijoni."

"Secondo me proprio la scena intera no, ma 'na mezza 'nculata se la fa."

"Se se fa nculà er film se fa. Er comico già ce l'avemo. Ma se nun se fa..."

Al tavolo vicino alcuni signori emergenti discutono di una gita in barca che li porterà fino alle isole Balneari.

La signora dichiara che in barca si vede il vero carattere delle persone, un'altra anche il carattere dei cani, il marito dice ah, no, il cane resta giù se no non vengo io, un altro: meglio se ti porta a bordo il cane che se ti porta l'amante, oh carino guarda che se voglio li porto su al guinzaglio tutti e due, oho aha Clarissa sei un numero, oho Clarissa ma va' a dar via il culo, dai che sei ubriaco va' a darlo via te e il cane, su non litigate! alle Balneari ci va anche Poldo e cosa fa? Va a fare una frociera oho aha una frociera Renzo quante ne dici oho la frociera, cameriere venga qua addormentato! aha la frociera, questa è bella.

"Che mondo," dice il professore, "qua siamo peggio che negli anni cinquanta."

"Eh sì," dice Lupetto, che ha una profonda conoscenza degli anni cinquanta essendo in quegli anni aspirante spermatozoo.

"Io non so più qual è l'inizio e qual è la fine," dice Lucio la cui resistenza è definitivamente schiantata dal fernet, "non so, quando i tempi diventano orrendi, se è la fine o l'inizio di una nuova era radiosa."

"L'inizio," dice Lupetto, "è quando si arriva, la fine quando si parte."

"Non è sempre così," dice il professore. "Tu sai che una volta c'erano dei batteri che non respiravano?"

"Per quanto?"

"Come dici?"

"Per quanto? A scuola da noi c'è Comellini che ci riesce per un minuto e mezzo."

"Non respiravano mai."

"Ecco."

"Inoltre ci sono nel nostro corpo cellule che non muoiono mai. Si trasferiscono solo in altra parte, in altra struttura. Sono le stesse, fin dal caos primigenio."

Lupetto pensa alle caccole di Coniglio ma non esplicita.

"E tu, mio giovane e fiducioso amico! Quanti volti di alunni come il tuo ho visto aspettare la vita! Non si aspetta la vita, non c'è niente di diverso fuori dalla finestra dell'aula!"

Lupetto non è d'accordo ma è impegnato a bere.

"E studiavano poeti morti giovani, quasi come loro. E leggevano di guerre in cui morirono, e morivano intanto, loro coetanei. E promuovendoli io pensavo: andate, andate, le delusioni dell'esistenza saranno già tante perché io vi dia anche la piccola delusione di un brutto voto."

"Allora perché ha bocciato mio fratello?"

"Solo in una materia. Anche se non saprei definire cos'è una 'materia'. Quale classificazione, quale ordine non è un foglio di nomi accartocciato nel cestino del tempo? Esiste un minimo criterio sicuro per distinguere che ne so, la matematica dalle scienze naturali?"

"Il quaderno."

"Come dici?"

"La matematica ha il quaderno a quadretti, le scienze naturali a righe."

Il professore sospira, ubriaco perso.

"Eh sì. Tanto tempo è passato da quando mi occupavo di queste cose. Eppure ancora, qualche notte, sogno gli esami. Sogno che non sono preparato per qualche interrogazione..."

"Come la capisco..."

"Sogno che mi chiamano militare... e ho settant'anni, capisci? Risparmiato per settant'anni da un fucile. E ancora apro dei libri... e sono pieno di ricordi e me ne porto dietro valigie, bauli. E invece adesso dovrei sentirmi leggero come una piuma, perché quali viaggi potrò mai ancora fare, quali alberghi visitare?"

"Se continua piango."

"Non sia mai detto. Tutto quello di cui mi lamento è niente, in confronto alle meraviglie che vedrai. Un piagnisteo che verrà coperto dalla grande orchestra dei tuoi stupori. Quante cose ti aspettano! (pausa) A cosa pensi?"

"Penso che lei la menta non la regge."

Piomba la Balena con un gran luccichio di scaglie, e una bottiglia di sciampagne.

È quasi mezzanotte.

Si tuffano Lee e Lucia nel mare curioso che entra ed esce dai luoghi dell'Estate Astuta, manifestazione che ogni anno riconcilia i cittadini con la città, dà adito a polemiche, rivitalizza (per alcuni), logora (per altri) i monumenti del centro storico, porta fino a noi film che mai avremmo potuto vedere ed altri che mai avremmo voluto vedere, mescolando i gusti di mille epoche e ventimila paganti.

Al momento attuale sul piccolo schermo è in onda una retrospettiva sulle pubblicità delle acque minerali dagli anni venti ai giorni nostri. Allo schermo medio c'è una retrospettiva di Pappagone, allo schermo grande King Kong due, storia di un grosso scimmione che viene portato via dalla sua isola ma finisce tragicamente perché il film è un fiasco. Poi c'è una sfilata di moda, un comico graffiante (quello caustico non è potuto venire) e naturalmente video. Alcuni di essi già visti molte volte, altri doppi, altri li puoi vedere la prima volta. Praticamente hanno sostituito le figurine. Poi c'è uno che vende porchetta postmoderna e alcuni furetti, gallinelle, pavoni, e il corallo di una gran scritta rossa di richiamo.

In un settore dietro al telone ci sono i video rock e Carlo Camaleonte litiga con un collega di *Music Time* perché dice basta avete rotto con le copertine sui duranduràni, e l'altro ribatte, proprio come avete rotto voi, col terrorismo una volta, con i galatei adesso, e le due fanciulle al seguito commentano un video, una dice Springsteen è il massimo, l'altra Springsteen è un maraglio (sta per rozzo, plebeo).

Carlo Camaleonte sta spiegando all'altro la differenza tra il playback e i pentiti quando passa una ragazza bruna che ha già visto, dove non ricorda, e insieme a lei un tipo con la faccia strana, anche lui già visto ai tempi del mordi e fuggi perché Camaleonte se ormai ideologicamente ha la dentiera, ha però memoria buona. Nelle prossimità si aggira anche Federì, con tre amici in puro cuoio; vanno dragando le pupe nella zona anguria. Per fortuna mentre passano Lee e Lucia, Federì si volta per tirare un cazzotto a uno che gli ha infilato un gomito in una costola, e l'azione prosegue.

Lee e Lucia si siedono a lato dello schermo, sui tubi delle strutture metalliche. Il film, visto da là, è un veloce passare di ombre e voci, e rumori fortissimi dall'altoparlante sopra la testa.

Non è facile sentire le voci e non sapere la trama, pensa Lee.

È questo che ti succede? pensa Lucia.

Restano così, le gambe sospese nel vuoto, uccelli su un filo. Un lungo attimo di pace, mentre il rumore dello schermo è tornato assordante, sembrano aerei da guerra che bombardano, sono aerei da guerra, King Kong è sul ConDominio di Manhattan e sta per pagare il fio della sua bestialità. Migliaia di scimmie assistono impotenti alla tragedia.

Il film è finito. Lee alza la testa e fiuta.

"Adesso arriverà. Mi hanno detto che ronza qui, il nostro uomo."

Infatti poco dopo, dietro lo schermo, vedono radunarsi un gruppetto di persone. Mimetizzato in un angolo, tutto vestito di scuro, sta il Coccodrillo. Giacca di pelle verde, camicia bruna, cravattino di pelle e occhiali a specchio sopra un ghigno con due piccole rughe.

"Non ce l'ha lui la roba, vedi," dice Lee, "il bastardo! Lui incassa solo i soldi, la merce ce l'avrà qualche poveraccio al seguito."

Infatti lo individuano. Uno magro, sdentato, rivestito con una giacca invernale per dargli rispettabilità. È lui che passa una dose a una ragazza con delicatezza.

"Eccola lì la spia, eccolo quello che regala la roba perché è generoso," sibila Lee, e Lucia lo tiene per un braccio.

"Non qui... non puoi fare niente qui...".

"Lasciami," urla Lee ed ecco che si è acceso, balza verso il Coccodrillo che ha un attimo di stupore poi reagisce, si fa scudo con la ragazza e la spinge addosso a Lee, la gente non capisce, il Coccodrillo scappa facendo schizzare la ghiaia con le scarpe a punta, Lee butta via le scarpe e lo insegue a piedi nudi, passano dietro lo schermo, la gente vedendo le ombre pensa, c'è la comica finale, qualcuno si risiede. Invece il Coccodrillo esce di scena, scavalca il muro sventolando la coda della giacca e dietro Lee con un salto da belva, e Lucia ormai persa nella folla.

Il Coccodrillo sbuffando cristo cristo cristo corre sull'asfalto umido del megaparcheggio dell'Estate Astuta, dove ritrova la mole rassicurante della sua macchina nera a punta. La apre ansimante e dal cruscotto estrae una pistola, si gira di scatto ma Lee non c'è. Solo due ragazzi in lambretta che scappano terrorizzati. Il Drillo resta fermo in mezzo al parcheggio, un filo di capelli sugli occhi per il sudore della corsa, il cuore che batte e da lontano la musica dei video.

I'm so tired. (Ozzy Osborne)

Si sistema la pistola nella cintura, e sta per mettersi al sicuro nell'auto, È già dentro a metà, quando di colpo lo sportello si chiude sul suo collo, Lee l'ombra era nascosto dietro una macchina, ora lo tiene nella morsa di quella ghigliottina. Il Coccodrillo scalcia. Non c'è più niente da fare. Un colpo sotto le costole lo fa stramazzare, scivola sull'asfalto come cento lire nell'acqua. Lee lo carica sull'auto, chiude, non lo porta via. Resta lì e accende la radio a tutto volume.

Once in lifetime (Talking Heads)

"Guarda guarda. Ma non eri dentro?" sbuffa il Coccodrillo quando riprende a respirare, cercando di metterla sull'amicale.

"Dentro dove?"

"Mah... galera o manicomio criminale... un posto così..."

"Io? Quando mai," ride Lee, "mi sono messo a spacciare in proprio e mi sono comprato una barca a vela, vivo da tre anni alle Hawaii... bel posto."

"Le Hawaii..."

"E tu? Come te la passi, Coccodrillo?"

"Io non spaccio più. Ho aperto un negozio... di scarpe, in periferia, avevo troppo la polizia addosso."

"Anche a me succede qualche volta," ghigna Lee, "e Romana?"

Il Coccodrillo allarga le braccia.

"Piantata o morta?"

"Prima l'uno poi l'altro," dice il Coccodrillo.

Lee ride, di una risata orribile. Anche il Coccodrillo ride. Con questo pazzo forse se la cava così.

"No, non te la cavi così," dice Lee, "adesso dammi l'orologio."

"Se hai bisogno di soldi Lee, te ne posso dare. Ti giuro, andiamo a casa mia, ho un milione di fresca, non tengo mai contanti in casa, ma stavolta ho avuto un pagamento per le scarpe e se vuoi..."

"L'orologio!"

Il Coccodrillo si stacca dal polso una lasagna da un chilo d'oro e la consegna.

"Okay Lee... però stai calmo."

Lee socchiude gli occhi: "Adesso, Coccodrillo, facciamo un gioco. Hai due minuti di tempo per rispondere alle domande che ti farò. Ho detto due minuti. Se non sarò soddisfatto di una sola delle risposte ti spacco la testa sul volante."

Il Coccodrillo perde tutta la corazza per cui è famoso.

"Ma Lee..."

"Via al cronometro! Facciamo finta di essere in questura. Uno: conosci un certo Leone l'allegro e gli hai mai venduto roba?"

"Mai conosciuto e mai venduta, lo giuro."

"Cosa vai a fare al condominio di via Bessico?"

"Porto un po' di roba... solo un po'."

Il clacson dell'auto risuona della craniata del Coccodrillo.

"...vado a prendere la roba da un certo Edgardo che fa il grossista per gli Altissimi."

"Continua."

"Ha un'attività commerciale, credo, si fa venire la roba dentro i pomodori o che cazzo, non ne so niente di più Lee te lo giuro."

"E di Sandri cosa ne sai?"

"Troppo grosso, so che c'entra con le armi ma quello è giro internazionale, non so niente lo giuro."

"E in questura cos'altro si dice su quel bel palazzo?"

"Han fatto la perquisa ma è tutto segreto, tutto da coprire è una zona sana quella, non è una zona da topi come quella dove siamo nati noi due, Lee."

Il clacson suona di nuovo.

"Allora l'avevi già sentita la storia di Leone..."

"L'ho sentita ma ti giuro non ne so niente, la roba non c'entra. Dev'essere stato un pazzo con un fucile, magari era lì per tirare ai piccioni e l'ha visto entrare, magari il tuo amico stava rubando..."

Clacson.

"Non lo so cosa stava facendo ma non ne so niente, mi scoppia la testa, porcodio Lee smettila cosa vuoi sapere ancora!"

Niente. Non vuole sapere più niente. La gente sale in

macchina e va a casa. Tutto è normale. La gente va a letto. Come in clinica. Si spegne la luce. Si accende. Si spara. È la musica. Lee apre la portiera e se ne va. Il Coccodrillo col naso pieno di sangue mette in moto e se ne va anche lui.

Dentro, incomincia un altro film.

Mezzanotte e mezza.

Lucio Lucertola è ubriaco come un savoiardo. Nello stomaco di Lupetto i gelati gli hamburger le ranciate stanno formando una mistura mirabolante da cui può nascere di tutto, da una supernova a una diarrea a un nuovo tipo di gasolio. Su loro incombe e trilla la Balena.

"Professore, lei non tiene più l'alcool come una volta. E il piccolo, chi è il piccolo? È un figliolino, un nipotino?"

"È il mio scudiero."

Lupetto annuisce.

"Ma i genitori li ha?"

Lupetto con indice e medio ne indica il numero disponibile.

"E il peperoncino, come ce l'ha? Gli pizzica già?"

Ancora una volta Lupetto capisce ma con riserva.

"Signora, è vero che lei faceva la mondana?"

"Come no," trilla la Spermaceti, "se no dove avrei conosciuto quel puttaniere del professore?"

"Esatto," dice Lucio.

"Ma ho esercitato pochi anni. Poi ho messo su un ristorante che è fallito. Dopo, vendevo pellicce. Poi mi sono sposata con un fantino. Poi lui era becco. Poi lui è morto.

Poi ho comprato un bar, l'ho venduto, ne ho preso un altro che è venuto di moda e adesso ecco qua."

"Mica male."

"Una massa di stronzi come non c'è l'uguale," dice la Balena, e sorride radiosa tutto intorno.

Gli raccontano perché sono lì. La Balena ascolta compunta, ogni tanto usa un sorso di champagne come colluttorio. Al nome Sandri dice, e come se li conosco! Lo junior, uno che ogni tanto entrava al night e sparacchiava, si vede che gli piaceva il rumore. L'altro, uno scannagalline, playboy per signore mature. Poi lui, sicuro, Sandri senior. Nota famiglia finanziaria, ramo edilizio, clan Cornacchia, sotto inchiesta per associazione mafiosa, loggette, vendita d'armi. Tutto archiviato, dimenticato. Adesso fa le stesse cose di prima con regolari permessi governativi, dice lui. Riciclato, immacolato, import export, quota televisioncina. Futuro deputato, dicono. Viene qui ogni tanto, è uno che quando parla è sempre incazzato, anche quando chiede il portacenere. Terrore dei camerieri dei cinque continenti. Via Bessico, sì, quel lavandino a cinque piani. Anche la Varzi la conosco, qualche volta viene qui e si strizza di coca, una vecchia isterica ma guai se le toccate la roba. Poi quelli della Videostar, guarda, ce n'è due a quel tavolo. Film del tipo il cannibale che ti mangia le balle, uno sei mesi di galera, l'altro "vai col cabriolet" nel senso di assegno scoperto. Non scandalizzarti, normale amministrazione, vuoi che in un palazzone così sian tutti puliti? Vedi quel tavolo là in fondo? Assegni a vuoto per un miliardo. Là abbiamo uno stupro con due peculatini. Sorridete... Professore, non bisogna stupirsi di niente, così va il mondo. Se ci spaventiamo può andare solo peggio. I moralisti ci vuol poco che diventino dei parassiti. Lavorare belli! (pacca sulla Lucertola) Certo che se si passa il segno bisogna fermarsi. Ma l'importante è essere d'accordo dov'è il segno. Se no crolla tutto. Io posso anche essere d'accordo con i rivoluzionari, ma voglio vederli dopo tre giorni che si resta senza luce. Facciamo le elezioni a lume di candela, settanta per cento allo Scudone, scommettiamo?

Parlatemi pure in nome del Lenin, ma il Lenin era russo e in Russia fa un bel freddo, come fate se vi cagate addosso appena vengon giù due fiocchi di neve? Ridi eh, piccolo, che bello che sei, tu non sai la vitaccia che ho fatto io. Certo ammazzare uno così dalla finestra col fucile è passare il segno. Non lo so, forse il segno si è spostato. Forse sono vecchia e un po' vigliacca, mando giù tutto. Il prossimo anno vendo la baracca e vado in campagna. Faccio marchette revival per contadini dai sessanta in su. Dio come parlo, scusa piccolo. Ma il piccolo perché te lo tiri dietro in questa storia? Portalo a casa, i suoi genitori lo sanno che è qui? Lucio, con tutti i tuoi bei discorsi, guardati. Adesso sei pensionato, non voglio neanche sapere cos'hai da parte. C'hai una giacca che sembra stirata con una forchetta. L'unica cosa decente che hai sono i baffi. Però sei simpatico. Piccolino, vuoi more ranciata?

"E littél, solo e littél."

"Tesoro! Parla anche l'inglese. Dove lo hai imparato?"

"Long playings, signora."

"Proprio simpatico. Va', porta a casa il professore che sembra il nonno di Dracula, guardalo lì. E poi torna subito dai tuoi."

"Prima andiamo a denunciare i colpevoli," dice Lupetto, "corriamo subito in via Bessico che è pieno di poliziotti, a riferire tutto quello che ci ha detto lei."

"Ma va' là," agonizza il professore verde alla menta.

"Andate a casa che è meglio," consiglia la Balena, "vi chiamo un tassi..."

Arriva Tango undici in due minuti. Appena il professore ci poggia sopra il culo, subito si addormenta. Lupetto, fulmineo, dice:

"Via Bessico, per favore. E presto che mio nonno se la fa addosso."

Lucio Lucertola nel taxi dorme e sogna. È cambiata la stagione, è un tiepido settembre. Il professore è uscito da Monte Tre insieme con l'Elefante. Hanno una borsa a tracolla e vanno a giocare a pallone al torneo under 85. Il campo sportivo è pieno di giocatori gialli e rossi, saranno più di cinquanta. Il professore dice: ma che partita è mai questa, e Volpe tutto elegante in smoking gli spiega: è una partita molto importante, con più siamo con più probabilità abbiamo di vincere, però ormai in squadra c'è rimasto posto per uno solo. Gioca tu, Elefante, dice il professore, e l'Elefante va negli spogliatoi e torna vestito da portiere con un grande maglione grigio fin sopra le zampe. Il professore si siede sulla gradinata e sul cemento son fioriti dei bellissimi gerani, si sta seduti tra i gerani, gli spettatori sono molto cortesi, alcuni con l'ombrellino da sole. Arriva l'arbitro ed è la Rosa in pantaloncini corti, tutti scattano in piedi ad applaudire. Il discorso iniziale è tenuto dall'Astice che cita parecchie volte Virgilio Marone grande figura di sportivo. Tra il pubblico, vestito di grigio e con gli occhiali, il professore vede anche il suo poeta preferito, l'Opossum. Al primo minuto c'è subito calcio di rigore contro la squadra di Monte Tre. Povero Elefante, pensa il professore, non lo parerà. Va a tirare il rigore, carico di sottintesi freudiani, un centravanti vaga-

117

mente assomigliante al vigile di piazza Cadorna. Tira e l'Elefante vola a prendere la palla. Meraviglia! Non ferma il suo volo allo specchio della porta, continua sopra le gradinate, sale al rallentatore come un pallone aerostatico. La gente applaude, l'Elefante con una mano tiene la palla e con l'altra saluta, e vola tra nuvole da western americano, scomparendo all'orizzonte. Anche sul campo cominciano a spuntare gerani. Il professore si sente felice, se ne va e si ritrova a camminare per la sua periferia. Vede un uomo in pigiama che ha fatto una corda di lenzuoli e si cala giù dal terrazzo. Si siede ai giardinetti Kennedy. Improvvisamente ecco arrivare due camerieri armati di mitra.

"Qua non si può stare."

"Neanche se consumo?"

"No. È zona militare. C'è una base di hamburger."

Il professore sente infatti l'inconfondibile odore e vede che tutto Monte Quattro è stato munito di rampe, e dal tetto decollano giganteschi hamburger, ruotando come dischi volanti. Sopra ognuno c'è uno stemma americano.

"È un'indecenza," urla il professore, "anche qua! Una base Usa di hamburger in piena città. Non si scherza con la vita dei cittadini!"

Un hamburger atterra con un pof soffice, ne scendono due marines e gli corrono incontro con un pistolone a ketchup. Il professore fugge. Passa i giardinetti dove c'è la mostra del batterio da competizione, le baracchine di gelati dove campeggia la scritta: gelato offerta speciale trentamila il cono piccolo.

Ed eccolo improvvisamente nella quiete di una strada deserta, mai vista prima. Ci sono grandi alberi ai lati, del tipo Bagurolopys palmata, che la ombreggiano tutta e fanno una grande galleria verde sopra la sua testa. Un cartello avverte: gli effetti di luce di questa galleria vegetale sono stati studiati dall'architetto Monet. In fondo alla strada c'è sua moglie, seduta su una panchina. Ha in mano un libro. Gli sorride. "Così poi ce l'hai fatta a scriverlo..."

Mostra il libro al professore stupito. Ha la copertina

color grigio registro e sopra c'è scritto: *L'originale pensiero di uno dei più controversi maestri contemporanei: Lucio Lucertola.* E il titolo a lettere rosse: *L'inizio finale. Ovvero: prolegomeni a una teoria della conclusione delle partenze.*

Il professore arrossisce d'orgoglio.

"L'hai letto?"

"Come tutte le cose che scrivevi," dice la moglie. Poi si fa sera e la scena cambia di colpo. Il sole tramonta e il professore decide di sedersi su una panchina. Guarda l'ora: è mezzogiorno. Il sole ha cambiato idea. Controcorrente nel traffico di fretta passan due bionde trote in bicicletta. Lo guardano con curiosità. Avrò le braghe sbottonate? pensa il professore. Invece le ragazze guardano proprio lui, una ride e dice qualcosa all'altra. Il professore si accorge di indossare blujins e scarpe da tennis. Che figura! Ecco perché!

Arriva un suo ex allievo sul motorino, gli frena davanti e si ferma.

"Buonasera Gazzelli," dice il professore, "ha poi preso l'indirizzo scientifico come le avevo consigliato?"

"Che cazzo dici Leone?" dice Gazzelli, "com'è che non hai giocato oggi?"

Lucio Lucertola sconcertato si passa una mano tra i capelli e al posto della pelata carsica si ritrova una criniera fulva. Dio, sono io Leone! E per di più oggi è quel fatale giorno. Potrò allora scoprire, ricostruire tutto... adesso bisogna subito che trovi...

"Settemila lire."

"Come?"

"Settemila, signore. Cinquemila più duemila di chiamata notturna," dice il tassista.

Sono in via Bessico, a cento metri dal ConDominio.

I fari di una pantera illuminano il solido Olla sorprendendolo nella lettura di Tozzi. Il commissario Porzio non ci fa caso, avanza sull'erba a passi cammellati, incazzato come raramente.

"Ragazzi, occhi aperti! Qua stanno telefonando i ministri. Quello stronzo del Sandri racconta che non ci diamo da fare abbastanza. Vi do altri due di rinforzo. Ci ha telefonato un informatore che il matto era all'Estate Astuta mezz'ora fa. Per questa notte, mi dispiace, niente cambio."

"Signorsì," dice Olla dalla parte esterna mentre da quella interna bagassa de ta mare bagassa camadonga.

"Tanto è caldo e chi dormirebbe?" ruffiana Pinotti.

Porzio non risponde, esamina il Grande Cesso imprecando. Come può fare uno a entrare là dentro non si sa, forse vola quel giovane matto, comunque meglio che lo prendiamo subito o i pacifici cittadini non dormiranno, ma chissà cos'è che non li fa dormire, io almeno lo so. Quel fottuto fiume, impiccassero tutti gli Eritrei e i loro fronti di liberazione e radessero al suolo il paese. Mancuso!

"Comandi."

"Andiamo che qui è tutto tranquillo."

La pantera sparisce. La notte è luminosa e gli occhi dei segugi la scrutano in ogni anfratto. Vi piacerebbe sapere dov'è Lee? Presto detto. Su un albero. Scalando il muro esterno, dalla parte est del palazzo, c'è l'unico albero di una certa altezza, una magnolia, la sola creatura indigena del giardino. Lee è salito in cima. Adesso lega una corda a un ramo alto. Si lascia dondolare un po' e si dà la spinta. Pinotti, girato a controllare il muro dall'altra parte, non vede il volo di Lee che atterra sul terrazzino del primo piano, e molla la corda che scompare tra le foglie.

Non fa fatica ad entrare: la finestra è socchiusa. Edgardo la chiude per paura, la moglie la riapre per calura. L'ombra entra silenziosa nel salotto. Si guarda intorno e fruga con attenzione. Cerca nei cassetti e tra i giornali.

"Pina."

"Uhmmmmm."

"Sento dei rumori."

"Dormi, non rompere le balle."

"Ti dico che sento..."

"Il cane abbaierebbe."

(Il cane è a morosa dalle tre del pomeriggio e nessuno se ne è accorto.)

Lee ora è fermo in mezzo alla stanza, il cuore appena un po' più veloce. Non riesce a trovare quello che cerca. Ma come nei sogni, lo troverà. Vede che il bracciolo di una poltrona è più sporco dell'altro, il sinistro giallo chiaro, l'altro più scuro. Hanno un braccio solo, gli edgardi? Toglie il rivestimento di stoffa, bottone per bottone, e sotto c'è un lavoretto niente male.

"Pina!"

"Mmmmmmh..."

"Ti dico che sento dei rumori."

"Saranno i poliziotti."

"Sono rumori in casa nostra."

"Non rompere le balle."

"Vado a vedere?"

"Mmmmmmh."

Edgardo resta seduto sul letto, attento a cogliere ogni scricchiolìo che preluda al crollo della situazione. La moglie riprende a russare, Edgardo le dà una botta sulla schiena e quella fa il verso del dugongo. Lee li sente. Ora sa che sono svegli. Ma ormai ce l'ha fatta: con un ultimo strappo ha aperto il bracciolo della poltrona, che si schianta.

"Hai sentito?"

"Eh sì, stavolta ho sentito anch'io."

Dentro alla poltrona, quattro sacchetti di una polvere bianca che Lee conosce bene.

"Lavora in grosso il signore," pensa Lee.

In quel momento il signore appare, tremante come una foglia, fantasma in canottiera e con le balle pendolanti. L'Edgardo coraggiosamente non urla. Si morde le labbra e dice:

"Metta giù quella roba lì che ci mettiamo d'accordo."

Lee ride, apre un sacchetto con i denti, semina la polvere in tutta la casa. Edgardo urla di non farlo. Salta fuori la moglie armata di una banderilla souvenir d'España che lancia contro Lee, un cane abbaia festosamente, gli risponde il cane dei Sandri, la Varzi aziona l'allarme da contralto, Pierina prega, Federì balza fuori con la mazza da baseball e travolge il solido Olla. Urlano in varie tonalità. Lee va sul terrazzo e lancia tutti i sacchetti giù nel giardino, nevica, Pinotti lo vede, punta la pistola, grida alto là e arrivano tutti, le luci del palazzo si accendono una dopo l'altra, che bello, è come quando viene giorno di colpo nel presepe meccanico. Pinotti urla "fermo o·sparo" ma intanto ha già sparato, cose che capitano, Lee salta sul terrazzo vicino, sfonda con un calcio la finestra, dentro c'è luce, subito Bronson Dobermann Sandri gli salta addosso e Lee gli sbatte una sedia sul muso, ululato di sirene, sbattere di porte ed ecco altri due Sandri, il babbo con una Mauser nera da rinoceronti e il figlio maggiore patriottico con la Beretta. Sparano all'unisono, il figlio fa secco il cane e il padre becca Lee a una spalla ma non lo ferma, Lee carica e gli spara un calcio in faccia, il Sandri finisce catapultato sul carrello dei liquori e stramazza in un cocktail, il figlio fa secca anche una lampada poi anche lui si prende il calcio della buonanotte. Lee lo scavalca e inizia a sfasciare tutto nella casa, mobili, porte, finestre, non sente più niente, nessun rumore, è come se fosse sott'acqua, non sente i passi dei poliziotti che salgono le scale, ha solo in mente lui e Leone e Lucia sotto i portici, e sfonda un armadio di legno da cui franano giù fucili e un mirino telescopico di quelli da tiro lungo e poi volano bicchieri rotti e vestiti, e Lee schianta una per una le sedie e fa scoppiare la televisione ed entra per primo Lo Pepe ma non spara, resta allibito a vedere quella furia e alla fine Lee salta in alto, vola, distrugge il lampadario con un calcio e torna giù e non si rialza.

Lo Pepe e Santini si avvicinano, gli puntano il mitra alla testa.

"È ferito," dice Santini, "non ce la fa più."

Lee non li guarda. Respira faticosamente.


Lo portano giù in barella. C'è uno spettacolo suoni-e-luci di ben quattro ambulanze osservato da decine di seminudi curiosi. Dentro un'ambulanza Sandri con la faccia gonfia, la mandibola color melanzana, stupefatto di non riuscire a urlare. Il Sandri junior se l'è fatta addosso e spande all'intorno un odore pas bon ton. Pierina Porcospina ha avuto un collasso e ha vomitato una quantità di peperoni definita dall'infermiere sorprendente per una donna della sua età e costituzione.

Il commissario Porzio a centro scena scuote la testa. Camaleonte lo incalza mostrando delle bustine di eroina, il commissario gliele strappa di mano. Parole grosse tra stampa e questura. Nella calca piomba Lucio, sfondando il cordone, urlando come un ossesso. Vede Lee sanguinante.

"Adesso basta," urla, "delinquenti, banda di massacratori!"

"Chi è questo mentecatto!" urla Porzio.

Vomita anche la Varzi.

"Che ne so," urla Olla, "è venuto insieme a questo bambino che mi prende a calci negli stinchi."

"In questo palazzo ne succedono di tutti i colori," urla Lucio, "lo dica, commissario, invece di dire che Leone andava in giro a rubare, lo dica che il Sandri commerciava in armi, e col figlio andava in giro a fare il pistolero. E che qua si smercia droga!"

Vomita la signora Edgardo, tagliatelle e tranquillanti.

"Lo dica! Perché è sempre con i poveracci che ve la dovete prendere? È Leone che è colpevole, o quelli che l'hanno ammazzato?"

"Signore," dice calmo il commissario, "qua c'è appena stata una nuova aggressione, un pazzo è entrato nel ConDominio. Devo dire che è colpa degli inquilini?"

"Perché dice nuova aggressione?" grida Lucio. "Qual è stata la vecchia?" E sente la testa che gli ronza come un aeroplano.

Il Sandri si tira su e lo indica col dito, minaccioso. Niente. Senza urlare non riesce a parlare. Si risiede.

"Fuori dai piedi," dice Pinotti, e spintona via Lucio.

Carlo il Camaleonte si ricorda della sua militanza.

"Piano che è un vecchio."

"Sono vecchio ma non me ne vado," urla Lucio.

"Bravo," urla Lupetto non visibile.

"Commissario, abbiamo identificato il bambino. È quello scomparso di casa stamattina."

"Almeno una che finisce bene," pensa la portinaia.

"Commissario," dice a voce alta il Camaleonte, "come la spiega questa storia della pioggia di buste di eroina?"

"La spiegheremo," dice Porzio.

"Col cavolo la 'spiegheremo'. La spiega! La spiega adesso! Subito! Vogliamo sapere," inveisce Lucio, "il cittadino ha diritto di sapere subito!"

Il commissario questa la sente da vent'anni e proprio non lo impressiona più.

"Via tutti, sgomberare!"

"Noi non ce ne andiamo," urla Lucio, e conclude a sorpresa crollando al suolo.

"E sei," riassume l'infermiere.

"Per favore lo tratti bene," dice Lupetto, "gli dia l'ossigeno."

In effetti ne ha bisogno il vecchio. Sente le voci svanire. Una porta si chiude. Danze di batteri luminosi. L'Elefante in cielo. Due ambulanze partono insieme. A un bivio si separano; una porta Lucio in ospedale, l'altra Lee nel posto dove resterà per sempre.

Terzo movimento

# LUCIOLEONE

Dalla pagina precedente è passata una settimana. In questa settimana non è successo molto. Un migliaio di morti sparati con vari calibri, il governo ha Alvaro misure, l'Inter si è salvata su rigore, c'è stato un incandescente dibattito tra intellettuali sul ritorno delle bretelle, le alghe hanno immerdato un ridente mare italiano, è crollata una diga, han fatto secco un questore.

Notizie locali: di Leone non si parla più ma:

1) La squadra della nostra città ha acquistato dalla Cremonese l'insidiosa punta Vespa.

2) In settimana avremo il nuovo sindaco.

3) Lucio Lucertola è ricoverato al policlinico Santa Edvige (la Santa che a Dio non chiede ma esige) nel reparto cardiologico del professor Gilberto Gufo, camera centonove.

La camera è al terzo polipiano del policlinico, da dove si gode una impareggiabile vista sul parcheggio. È dotata di tre confortevoli letti ognuno dotato di un'acqua minerale piena e di un pappagallo vuoto o viceversa. Completano l'arredamento tre flebo di glucosio e una caraffa di margherite in brodo. L'attrazione assoluta è però un oggetto che un paziente ha ricevuto in dono dai parenti. Trattasi di un televisorino portatile, antennuto come un grillo, che allieta l'atmosfera venti ore su ventiquattro, tra l'invidia degli altri ricoverati. L'equipaggio della centonove è oggi così composto: nel letto di sinistra, un po' dimagrito, Lucio Lucertola. Seduto al capezzale con un pacco sottobraccio e camicia di bucato, l'Astice. Nel letto centrale in pigiama blu cobalto il marito della portinaia Pierina, Giantorquato il Topo. In fondo a destra il fortunato proprietario del televisore, appena visibile in quanto rintanato tra i lenzuoli. Questi, abituatosi negli ultimi anni di malattia a guardare sdraiato la televisione, ha sviluppato una malformazione dei bulbi oculari che gli si sono arrampicati sulla fronte, gonfiati e ravvicinati. Per tale particolarità il suo nome è Sergio la Sogliola. La Sogliola sta acquattata sul fondale del letto spiando la Tivù da ben novantadue giorni. Dal giorno in cui il televisore gli fu regalato nessuno viene più a trovarlo, ma egli sopravvive, e si dice che sarà presto dimesso. Ecco entrare nella camera i due infermieri del piano, Oreste Orso Bianco e Cinzia la Cicogna, per i medicamenti del caso. Oreste gira la Sogliola, le sala di talco in una piaga da decubito, le infila rapido nel sedere una supposta uso rosmarino e la rigira con un oplà, pronta da friggere. Indi passa ad alleviare le pene del portinaio:

"Come va?"

(Sospiro.)

"Coraggio che ora arriva la Cinzia e le fa una bella iniezione."

La Cicogna solleva controluce il becco della siringa e sorride. La sua mano è leggera come una brezza. Si narra che faccia le punture ai dormienti senza svegliarli.

"Siamo pronti?" dice.

"Non mi faccia male."

"Suvvia, suvvia," (la Cicogna è ormai bravissima a parlare con i culi) "si rilassi."

Ieri a destra, oggi a sinistra
stia tranquillo e non indurisca
non abbia paura, non faccia lo sciocco
e giunta al fin della licenza io tocco.

"Voilà!"

Intanto Oreste l'Orso si è recato ad assistere il professore, per cui ha particolare simpatia dopo un contenzioso
notturno sui batteri al termine del quale hanno concordato
su tre punti:

1) La salute è un concetto limite, come il moto perpe-
tuo.

2) Vivere è una lunga serie di controindicazioni.

3) Il portinaio è cretino.

"La vedo bene, professore," sorride l'Orso, "fatto dei bei
sogni?"

"Premonitori," dice il professore.

Oreste punta sospettoso l'Astice. Conosce il tipo, per un
amico si fa tutto.

"Che cosa ha lì sottobraccio?"

"Una mortadellina," dice l'Astice.

La mortadellina, all'esame autoptico, si rivela un siluro
da quattro chili di marmellata di maiale.

"Lo vuole ammazzare? Non sa che è a dieta?"

Alla fine di un accesissimo dibattito su "Suini e salute" si
firma un accordo: due fette a Lucio e quattro all'Orso.
Arriva trionfalmente, su un vassoio cigolante, la colazione.
Dal suo letto di teledegenza la Sogliola finalmente fa udire la
sua voce.

"Cosa c'è oggi?"

"Menù speciali," spiega la Cicogna.

"Menù A: maccheroncini al filetto di pesce persico del
lago Omodeo.

Anatra estenuata di Strasburgo con patate alla Roscoff.

Frutta tropicale locale.

Caffè 'Tenebres' dei Caraibi.

Menù B: semolino bieta lessa mela cotta."

La Sogliola, pur allenata dal pluralismo televisivo a
grandi maree di humour, non afferra.

"Io prenderò il menù B," dice Lucio, "in quanto il
cinghiale di stamattina mi è rimasto un po' sullo stomaco."

Ridono tutti meno la Sogliola che rotea i bulbi e si lamenta:

"A me il cinghiale oggi non l'avete dato."

Restano soli. Dopo dieci ore ininterrotte la televisione viene lasciata raffreddare insieme al semolino. Il rumore dei cucchiai che raschiano i piatti è epico. A occhi chiusi, pensa Lucio, sembra di essere di nuovo all'asilo o in trincea.

Per un momento si vede, curvo sul letto, un vecchio animale malato che mangia perché si deve. Ma subito orgogliosamente solleva il busto, come se fosse su un cocchio. Così procede, e tra due ali di folla attacca la mela cotta. Frastuono di carrelli e di piatti viene dai dintorni, i bocconi van giù silenziosi, meno quelli della Sogliola che mangiando in orizzontale fa tutte le volte un rumore di valvola.

L'Astice guarda e pensa: povero Lucio. Gli viene una gran rabbia e non sa cosa fare.

"Guarda che schifo di pappina," dice, "e magari chi si paga la clinica privata adesso è lì che mangia paté."

(L'Astice sovrappone qua l'ideologia alla cardiopatia.)

"E son tre giorni che il dottore non viene a vederti. Magari viene che..." l'Astice si morde la lingua.

"C'ha da vedere tanti malati," fa il Topo, "che cosa ci vuol fare..."

"Lei," ribatte l'Astice, "manda giù tutto! Se le dan da mangiare garze e cotone lei dice: che cosa ci vuol fare..."

"C'è chi si lamenta della polenta e chi si lamenta perché non c'ha polenta," dice il Topo, che ne sa anche delle altre.

"Mi scusi sa," dice Lucio Lucertola, "non sono mica d'accordo. Ci sono dei diritti elementari nel patto sociale, anche se ormai li consideriamo lussi. Le faccio un esempio: lei respira, no?"

Il Topo è costretto ad ammettere questa sua debolezza.

"Allora lei sa che, in qualità di vecchi, il massimo di aria buona e verde che ci è consentito è il giardinetto, in comproprietà coi cani, e il vaso di gerani, nostra Amazzonia. Le città non ci amano, le periferie ci ammorbano, le campagne ci lascian soli. Molti di noi, invece che comprarsi la villa in riviera, amano investire in quartini di vino. Nostra sola soddisfazione è vendicarci dell'ambiente bronchitico e ostile deturpandolo con scaracci. Eppure, più si invecchia, più si ha bisogno di ossigeno..."

"E mica solo di ossigeno," dice l'Astice, che se fosse per lui spazzerebbe tutti e novantadue gli elementi della tavola di Mendeleev in un sol boccone.

"Ed eccolo lì sopra la sua testa, il cannello dell'ossigeno. Per una volta, in punto di morte, si potrà rimpinzare. Ma solo alla fine, se no ci prenderebbe gusto. Ho reso l'idea?"

Inutile chiedere il parere della Sogliola. Ci sono le previsioni del tempo e la Sogliola va pazza per gli anticicloni.

"Io non mi intendo di queste cose," dice il Topo. "Non critico le cose che non conosco. Sarebbe come se io portinaio mi mettessi a discutere cosa fanno quelli del mio palazzo..."

"Allora lei dice che l'atomica non la riguarda," interviene l'Astice con audace balzo logico.

"Mica l'ho fatta io."

(Su questo nessuno ha dubbi.)

"Allora lei dice," si indigna l'Astice strangolando la mortadella, "che se ti prendono a calci in culo e ti fanno a pezzi e poi ti buttano via quando non funzioni più, bisogna ringraziare perché ti tengon vivo... ma lei è proprio... lei..."

"Io voglio tornare a casa."

"In quella bella casa dove sparano dalle finestre?"

"Perché ci è entrato? Io, come portinaio, gli avrei chiesto: perché è entrato qui dentro?"

"Ma non gli avrebbe sparato, spero," dice Lucio Lucertola, sorseggiando un immaginario caffè a mignolo alzato.

Il Topo in difficoltà molla un leggero peto.

"Spero si renda conto che questa non è una risposta," dice Lucio.

In quel momento entra la Cicogna e annuncia solenne: "Il dottore!"

Nessuno applaude.

"Sta arrivando il dottore!"

"Abbiamo capito! Cosa dobbiamo fare, metterci sull'attenti?" urla l'Astice.

La Cicogna espelle l'Astice e gli assegna dieci minuti di penalità in corridoio. Nella porta non appare nessuno per circa un minuto. Poi si odono passi felpati ed ecco il dottor Gufo accompagnato da due laureandi, lui bruno lei bionda.

"Abbiamo qui tre casi molto interessanti. Spegnete quella televisione," ordina il Gufo. La Sogliola lancia un rantolo.

"Questo signore, ad esempio," il Gufo indica la Sogliola, "soffre della sindrome di Anchise. Questa sindrome colpisce i vecchi deponendo ghiaia nelle arterie e nelle articolazioni, allentando i bulloni dell'intelaiatura, ostruendo la marmitta e rendendo così i movimenti lenti e faticosi. La deambulazione è possibile solo appoggiandosi a un bastone. Quando il bastone non sufficit, bisogna operare. Si riaggiusta quindi il bastone. Si tira avanti finché il paziente non è più in grado di stare in piedi da solo, perde l'autosufficienza e deve venire accudito come un bambino, pute orrendamente e si copre delle cosiddette piaghe da decubito. A questo punto non resta che aspettare l'infausto esito della malattia."

"Meno male," sospira la Sogliola.

"E che cura si può tentare?" chiede il bruno.

"Olio minerale per le giunture, Cardiabofinger via flebo o Corazòn forte supposte o granuli, dieta a base di cereali, vitamine, epatoprosseneti. Ma a quell'età c'è poco da godere. Ogni giorno è un regalo. Uffa! Veniamo al secondo caso, il nostro signor Topo. Abbiamo qua una classica sindrome iperfagica di Savarin. Una dieta dissennata ha disseminato le pareti arteriose del qui presente di uno strato di pasta sfoglia che occlude la circolazione del sangue. Il fegato è un macigno, le reni indurite, la milza devastata, il pancreas un caos, lo stomaco una vuota parola senza significato."

Gli allievi battono discretamente le mani.

"Cosa fare di questo trigliceride ambulante? Nulla! Egli ben presto passerà a una dieta rigorosissima, per l'eternità."

"Bravo," urla Torquato Topo.

"E come lo avete curato?" chiede la bionda.

"Digiuno quasi assoluto, Cardiostenoveritrol via flebo o Corazòn compresse, ginnastica riabilitativa, ginseng, biopsie. Purtroppo alla sua età, ogni giorno che me lo vedo davanti, allibisco. E ora veniamo al signor Lucio Lucertola. Il suo caso è forse il più semplice. Egli è vivo per miracolo."

"Modestamente."

"Il signor Lucertola soffre della sindrome dell'inizio finale o di Huang Tze. Semplicemente non ce la fa più. Tutto in lui è consumato, tutto è al lumicino. Il cuore pompa sì e no due volte al minuto, il fegato è grande come un magone di gallina, non risultano tracce di reni, l'intestino è ridotto al diametro di un maccheroncino e le feci hanno aspetto minimale, rotondo e lepriforme. I gesti sono rarefatti, la deambulazione al ralentì, non c'è più tensione muscolare e le mani riescono a malapena ad assumere la forma dello scongiuro detta di 'simulata amputazione medioanulare'. Eppure, come vedete dalla forma della coperta, il signor Lucertola in questo momento ha un'erezione alla vista della dottoressa Bonfigli."

"Oh Dio," grida la bionda.

"Inoltre il cervello del soggetto è scandalosamente funzionante e la vista gli permette di leggere, l'udito di ascoltare musica, l'ugola di emettere proteste. Il signor Lucertola è una contraddizione vivente, ed è la prova di quanto la natura a volte proceda per approssimazioni e di come la medicina sia costretta a misurarsi con le sue follie. Come possiamo riportare l'armonia nel corpo di questo monstrum che praticamente è mezzo morto e mezzo non ne vuol sapere?"

"Non esiste terapia?" chiede la Bonfigli.

"Nessuna. In questo caso è la natura che .decide. E avendo il signore settant'anni, decide bene. Non se la caverà."

"La natura è una gran cosa," dice il Topo.

"Potete andare," dice il dottore ai due allievi. "Signor Lucertola, ora che la signorina se ne è andata vorrebbe per favore abbassare le armi?"

"Al cuore non si comanda," dice Lucio.

"Bene, bene, cari pazienti," dice il Gufo, "vedo lì un piccolo grazioso televisore. Ora passeremo qualche momento insieme, così che non si dica che non sto con i malati."

"Resti a mangiare con noi, dottore," dice il Topo.

Il dottore cortesemente rifiuta e si siede sul letto del Topo, che per fargli posto quasi precipita.

"Accenda la tivù," concede il Gufo, "c'è il telegiornale."

Il colore torna sullo schermo e sul viso della Sogliola.

Non appare il telegiornale, bensì un comico brillante che fa la pubblicità di un detersivo per piatti, seguito da un comico caustico che consiglia un detersivo per lavandini e da un comico corrosivo che pubblicizza uno sgrassapentole.

"Lo sapete che il sapone in dosi eccessive può essere tossico?" commenta severo il dottor Gufo.

"Io non ne mangio mai," dice Lucio Lucertola.

Il Gufo scuote la testa: non si sa se ride, se ha un ictus, se è contrariato. Poi si alza di scatto e sonda:

"E ditemi, chi preferireste come sindaco, Carmelo Corvo o Cesare Cornacchia?"

"Mi sembrano tutti e due brave persone," dice il Topo (non li conosce).

La risposta della Sogliola, essendo proferita a voce molto bassa, viene considerata scheda bianca. Il voto decisivo è quindi quello del professore.

"Allora? Chi vorrebbe lei?"

"Lei preferirebbe un cancro al fegato o delle metastasi maligne in sede epatica?"

"Ma sono la stessa co..."

Il Gufo realizza e se ne va indignato con la coda del camice tutta alzata.

"Lei è un birichino," dice Cinzia la Cicogna, "ha preso in giro il dottore. E anche me."

"No, lei no," dice Lucertola, "lei è brava, buona e cardiotonica."

La Cicogna arrossisce. L'Astice rientra e vedendo il duetto d'amore si ritira.

"Se stanotte sto male," dice Lucio, "mi prometta di venire. L'Orso è simpatico, ma lei è un'altra cosa..."

"Oggi è di turno l'Orso. Ma domani prometto che la veglio tutta notte come il somaro col bambinello. Però in cambio mi faccia un piccolo favore..."

"Tutto quello che vuole."

"Mi dia quella mortadella che ha nascosto sotto il cuscino..."

"La tratti bene."

L'Astice rientra e assiste sconsolato al sequestro.

"Beh Lucio, io vado... torno domani."

"Se hai tempo, se no non importa. Portatemi notizie di Leone."

"Te l'ho detto. Sui giornali non c'è una riga. Ma domani viene Lucia."

Lucia. Lucio a quel nome si sente meglio. Si sdraia, il respiro è in salita ma c'è. Tanto basta. Chiude gli occhi. Forse è già il momento del sonno rivelatore, il sonno che chiarirà i misteri. La musica della televisione è sempre più lontana. Cantano. Non è Sansone e Dalila, ma così lontano, potrebbe anche essere. Una melodia di violini. Inizia a cantarci sopra:

*Apro per te il mio cuor...*

Che in quel posto è proprio adatta.

Lo sovrasta l'ombra dell'Orso.

"Professore, qua siamo a Cardiologia. Psichiatria è tutto un altro reparto."

"Non le piace la lirica, Oreste?"

"Non la conosco molto professore. Solo figaro di qua figaro di là."

"E che musica le piace?"

"Non rida. Il rock e roll."

"Non rido."

"Vede, professore," Oreste si siede di colpo sul letto del Topo e lo scaraventa in aria per un metro e mezzo, "lei mi vede adesso così grosso, ma dieci anni fa giocavo a calcio ed ero un gran ballerino."

"Mi racconti."

"Dopo lei mi racconta dei batteri?"

"Come no!"

"E anche di quel signore che classificò gli animali come se avesse visto la creazione in diretta, e mise l'uomo tra i quadrupedi e chiamò la puzzola putorius foetorius?"

"Il Linneo."

"Proprio quello. Perché vede, professore, quando ero giovane non volevo studiare: adesso vorrei recuperare tutto."

"Si vuole partire con molti ricordi del luogo," sospira Lucio.

"Però vede, quando comincio a pensare... mi si disordinano le idee, invece di ordinarsi..."

"Giusto. L'universo nasce e procede nel disordine, ma in esso talvolta si creano miracolose, minuscole forme di organizzazione. Una, su un piccolo pianeta periferico, è di una straordinaria complessità. Siamo noi. Un certo rimbalzo di idrogeno, miliardi d'anni fa, strutturò questa conversazione."

L'Oreste è incredulo ma compiaciuto.

"Vuol dire che alla creazione c'ero anch'io?"

"Sì."

Con lo sguardo Oreste indica interrogativamente il Topo che sonnecchia.

"Sì, c'era anche il Topo," dice il professore, "vede, Dio ha fatto tutto in un attimo: è esistito, forse, solo in quell'attimo. Una nube di fuoco e bang, tutto è costruito per milioni di secoli. Non si può certo rifare per il Topo che oltretutto, ne converrà, non dà alcun fastidio."

"Per carità, bravissima persona," dice Oreste, "ma dove ha imparato tutte queste cose professore?"

"Seguendo i consigli, oppure non seguendoli. Facendomi delle gran risate. E poi dai buoni esempi. Quelli che servono anche dopo un anno, due anni, dieci."

"I libri?"

"Ad esempio ecco un buon esempio."

"Mi dica allora cosa devo studiare..."

"Lei sa molto più di quanto immagina. Io la guardo, sa, come scherza con i malati e come usa le parole. Lei è attento. Lei è un artista."

"Non è vero, ma mi lusinga. In effetti, ho sempre sognato di scrivere un libro. Lo volevo intitolare: 'Se per caso un'ambulanza...'."

"Di cosa parla?"

"Vede, per me i personaggi dei libri muoiono davvero. Certe morti, le giuro, proprio mi son dispiaciute. Allora ho pensato: con i mezzi della medicina moderna, si potrebbe salvarne qualcuno e scrivere il resto della storia. Esempio, la Madame Bovary sta per morire, arriva l'ambulanza del centro antiveleni e in due ore è fuori pericolo. Poi si scrive il seguito..."

"Affascinante. Lei ha fatto uno studio su questo?"

"Certo! E i casi sono molto diversi. Madame Bovary, ad esempio, che gran fine! Un avvelenamento da arsenico perfetto. Ne sapeva il Flaubert! Mi piace anche come muore Ettore nell'Iliade: però, con una lancia in gola, non poteva fare quel pistolotto di discorso. Invece non mi convince come muore Don Chisciotte. Troppo vago: sei giorni di febbre. E la temperatura, il polso? Per me Don Chisciotte si poteva salvare."

"Lei pensa?"

"Anche Amleto, con una lavanda gastrica. Parliamo per paradosso, si intende. Invece per Patroclo eran cazzi. Anche Romeo e Giulietta, un bel casino: bisogna andarci piano con le anestesie. In quanto agli scrittori, non parliamone. Ma chi li curava? Mi son scritto una lista. Senta, Catullo, secco a 30 anni, Byron 36, Oscar Wilde 34, Apollinaire 39, di influenza dio mio! Majakovskij 39 anni..."

"Suicida."

"Allora lo tolgo. Comunque... Kafka passa appena i quaranta, tubercolosi curata male, poteva giocare al pallone adesso. Leopardi 39, Nievo 30, Lorca 38."

"Fucilato."

"Cancello... Rimbaud 37, Villon sembra 34..."

"Vaché 23, Lautréamont 24, Buchner 24, Laforgue a 27, Keats a 26, Trakl a 27, Marlowe a 29, Esenin a 30, Corbière a 30, Shelley a 30, Rigaut a 30, Jarry a 33, Praga 36, Thomas a 40, Plath 31, Mansfield 35, Daumal 36, Synge 38, Hernández 32..."

"Cazzo quanti ne sa!"

"C'ho messo anche suicidi, annegati, alcolizzati..."

"E Manzoni 88 anni..."

"Non è colpa sua, poveretto. Adesso tocca a lei, Oreste."

"Cosa le devo raccontare?"

"Mi racconti come si fa a morire in piedi."

"Uno che morì in piedi me lo ricordo, ma si era impiccato."

"Non rientra nei miei piani."

"Allora ho paura che se la dovrà sbrigare da solo."

"È così Oreste. Adesso vai pure."

"Giusto. Le ho fatto perdere tempo e lei deve dormire."

"No. Devo portare a termine un'indagine."

"Ah! Buonanotte, professore."

"Buonanotte." .

Oreste scompare e riappare.

"Senta professore. E D'Annunzio?"

"Una vergogna! 'Vieni morte adorata' e poi la tira in lungo fino a 75 anni."

Oreste scrolla il capo e scompare definitivamente. Il professore si addormenta.

La prima cosa che Leone Lucertola vede nel sogno è la Bice appoggiata a un muro. La inforca con un balzo.

"Aiuto, al ladro," urla il velocipede.

"Scema! Non mi riconosci?"

"Aiuto, professore! Mi rapiscono!"

"Non fare scenate. Sono io il professore, e questo è un sogno."

"Lo dimostri!"

"La settimana·scorsa ti è saltata la catena."

"Potrebbe avere indovinato per caso."

"Ti ho acquistata nel 1962 nel negozio di velocipedi del signor Pavoni. Consegnandoti egli disse: con questa lo Stelvio è una cunetta."

"Caro professore! La vedo ringiovanita!"

Insieme vanno a zonzo, con la borsa da calcio che dondola al manubrio. Dopo un po' si ritrovano in una zona della città che non conoscono. Vicino corre la Grande Arteria, e intorno svincoli, paraboliche e sopraelevate e poi luna-park, cimiteri di Fiat Elefante e crani rugginosi di Lancia Bufalo. Lucioleone si ferma a guardare la fuga dei pali telegrafici verso la campagna. Con la coda degli occhi vede due bulletti molleggiati avvicinarsi.

"Ahimè, Bice, siamo nei guai."

Infatti uno dei due lo abbranca a una spalla.

"Piuttosto il portafoglio ma la bicicletta no e almeno rispettate i miei capelli bianchi," dice tutto d'un fiato il professore.

"Hai bevuto, Leone?"

Lucioleone si volta e chi si trova di fronte? Nientemeno che l'Elefante e l'Astice in versione teen-ager. L'Elefante ventenne è già sui novanta chili con brufoloni sfavillanti e capelli a spazzola. L'Astice è smilzo, ha ancora tutte e due le mani e ostenta sulla maglietta la scritta "Peace now".

"Finalmente ti abbiamo trovato," dice l'Elefante. "Hai fatto fughino dalla partita, eh?"

"Eh..."

"Beh, hai fatto bene," dice l'Astice, "io avrei fatto lo stesso. Non si vende uno così, come un prosciutto. Almeno doveva dirtelo. E poi sai di quei dieci milioni Volpe cosa ti dà? Centomila lire se va bene..."

"Il mondo del calcio è una giungla," dice Lucioleone.

"Ma adesso che non hai più i soldi della squadra e che Formicone ti ha licenziato, come farai?" chiede l'Astice.

"Ho sempre la pensione."

L'Elefante e l'Astice si guardano assai perplessi.

"Leone, cosa ti succede?"

"Mi sono fatto uno spino."

(Questa sì che il professore la sa.)

"Leone, abbiamo capito che sei un po' alla frutta, ma schiodati perché dobbiamo comprare il regalo per Lucia. Il compleanno è domani, no? Allora diamoci da fare: io ho quattro sacchi."

"Di cosa?"

"Spiritoso, io ho quattromila lire, Asty due."

"Chi?"

"Asty, chi altro? Allora quattro sacchi io e due Asty fan seimila lire. Tu, immagino, sarai a secco..."

"Indovinato..."

"Lo sapevo, mai che c'hai una lira. Cosa ci compriamo con seimila lire? Sei gelati?"

Lucioleone inghiotte.

"Hai detto che Lucia vuole una pianta di limone, no?" dice l'Astice, "beh, ho fatto un giro nei negozi, nessuna costa meno di cinquantamila lire."

"Perciò sarà ora che ci schiodiamo," dice Elly.

"Schiodiamoci," dice Leone.

Salgono su una Fiat Pterodattilo, di quelle che non si fanno più, e in breve arrivano a una luminosa cattedrale, sei piani di ogni Pien di Dio, il Grande Magazzino Panta dove si può trovare tutto dal bigodino al computer e ritorno.

"Allora dentro, ragazzi" dice Asty, "ognuno in un piano e si imberta quello che può. Se lo pizzica il vigilante, cazzi suoi, gli altri non lo conoscono. Lesgò!"

Cielo – pensa Lucioleone – coinvolto in un furto! Si dividono e resta solo tra due giganteschi muri di benessere. Autoradio dischi stereo haifai mangianastri sbranacassette. Melodie sconosciute lo turbano. Finge disinvoltura. Un commesso insospettito lo avvicina subito.

"Desidera?"

"Si può sentire questo?" (indica un disco)

"Non si può sentire, è sigillato. Se le interessa sono due dischi offerta speciale sedicimila lire, Born to Run di Bruce Springsteen."

"Ah," dice Lucioleone, "e chi dirige?"

Capisce di aver commesso un errore. Si allontana pian pianino ma già il vigilante è alle sue costole. È Sandri, in divisa nera con cartuccere e borchia con aquilotto. Lucioleone passeggia nei reparti profumeria e casalinghi ove si ferma a esaminare con competenza alcune moke. Il vigilante è sempre lì che lo controlla e i commessi lo seguono con lo sguardo. Arriva al reparto scolastico e sta inebriandosi del familiare odore di matite fresche, quando in lontananza vede arrivare l'Elefante e l'Astice. Da come sono imbottiti, si capisce che han fatto man bassa. Non può farsi trovare senza niente. Fulmineo, si infila in tasca una matita rossa e blu.

"Aha!" urla Sandri, "ti ho visto!"

Gli piombano addosso sei commessi sei. Elly e Asty se la svignano.

"Ti abbiamo preso, teppistello," urla Sandri, "l'ho capito subito che eri qui per rubare."

"Dio mio così giovane mai più," dice Pierina Porcospina commessa.

"Ho settant'anni e sono un insegnante in pensione," protesta Lucioleone.

"Sempre ladro sei. Chiamiamo i carabinieri!" Arrivano su un hamburger volante sei carabinieri guidati da un uomo con folti peli nel naso.

"Allora giovanotto, che cosa ha da dire di sua discolpa?"

"Cosa ha da dire 'a' sua discolpa, non 'di sua discolpa'," grida Lucioleone, e con la matita blu fa un fregaccio sul commissario. "Porzio, ti riconosco, eri il più cretino della classe!"

"Non si permetta di alzare la voce, sono un pubblico ufficiale e lei rischia una condanna molto più superiore a quella che gli spetta per la sua effrazzione."

"Niente 'più' con 'superiore', ignorante. 'Le' spetta, non 'gli' spetta. Effrazione con una zeta sola, errore blu, e dicesi 'effrazione' solo se c'è rottura o scasso, errore rosso!" Lucioleone copre completamente di segni di matita il commissario.

"Bocciato," urla, e approfittando dello stupore generale scappa sfondando un muro di birre, come Frankenstein. Eccolo in strada. Che vita, per l'allegro Leone! Eppure, bisogna andare avanti. Senza Bice, ora va verso Bessico, la sua meta. E il regalo di Lucia?

"Ehi, capo!"

Volta la testa. È il canarino Caruso a chiamarlo, da una gabbietta di un negozio lussuoso anzichenò.

"Caro pennuto. Tu qui?"

"Dovevo morire di fame sul terrazzo? È una settimana che manchi."

"Hai ragione. Cosa ci fai lì dentro?"

"Faccio la mascotte. Boutique di lusso: fiori, piante esotiche, mobili da giardino. La padrona è una riccona che si chiama Cinzia la Cicogna. Vieni dentro."

"Non posso. Devo andare in Bessico."

"Hanno anche piante di limone, qui..."

Lucioleone entra prudentemente. C'è davvero di tutto, gerani da attico, orchidee che sembrano vestaglie, alberi a transistor giapponesi. Da farci un terrazzo babilonese. C'è anche del basilico. Verde!

"Cosa cerchi, bel giovane?"

È apparsa Cinzia la Cicogna, vestita in seta a margheritone, con lunghi capelli biondi svolazzanti e dolci occhi da mucca.

"Io..."

"Ma qua la roba costa cara, sai. Per vivere le piante hanno bisogno di acqua, ossigeno. Se no muoiono. Vanno curate. E chi avrà cura di te, povero cucciolo sperduto?"

"Dice a me?"

"Sì. Dimmi: sono troppo vecchia per te?"

"Signora Cicogna," dice Lucioleone, "lei unisce a una sensualità sbarazzina e giovanile una serietà professionale e una carica umana che fanno di lei la compagna ideale sia per un giovane inesperto sia per un anziano professore."

"Come parla bene. Dove ha imparato?"

"A scuola..."

"Bene... ora le insegno io qualcosa... cosa sa della riproduzione delle piante?"

"Nulla," mente il professore, che però sa che quando due sono soli in una serra e parlano della riproduzione delle piante, finisce regolarmente nello stesso modo nei libri, nei sogni e talvolta anche nella realtà.

Dopo pochi istanti si impollinano mentre Caruso intona "l'amore è un dardo". La Cicogna è sopra il professore, e i capelli biondi lo solleticano nel petto nudo facendone esplodere tutta la prorompente virilità sotto forma di acrobatici inarcamenti e fremiti passionali.

"Sta bene, professore?"

"In paradiso, amore," dice Lucio. Apre gli occhi. La Cicogna in camice lo guarda perplessa. Con l'occhio professionale ha già notato lo stato di umidità delle lenzuola.

"Professore, adesso non mi dirà che stava sognando Virgilio..."

"No," dice il professore, e le lancia un bacio sulle punte delle dita, "ma non gliela racconto."

La mattina dopo è domenica, le campane suonano richiamando l'ecclesia che invece, laica, se ne va al mare, che è poi anche lui fatto da Dio come la melanina i calamari il bagnasciuga, solo gli ombrelloni sono extra. Così pensa Lupetto prigioniero in una stanza di Monte Sei con la sola compagnia di un moscone aviatore. Dopo l'ultima investigazione notturna i genitori lo tengono sotto chiave ed egli non sa nulla del mondo esterno, né del cavalier Lucio, né di Leone. È triste e trascurato: sulle unghie la riga di necrologio è cresciuta. Ha davanti molti libri, ma a conferma della teoria dell'Orso, non ha voglia di studiare. Passano i minuti tra il ronzibondo errare del moscone e il suono di una voce che chiama Roberta in strada. La temperatura è di trentasei gradi quando improvvisamente il Carducci si staglia nel panorama del Novecento. Lupetto immagina il poeta intento a farsi male con un temperino. Avanti nel libro c'è Pascoli che preferisce le cose piccole, eccolo in campagna a cercar merde di galline. Il Leopardi è amaro. Foscolo è passionale D'Annunzio decadente Verga realista Pirandello prematuro. Lupetto si accinge a svolgere il tema delle vacanze. Che è questo:

*La figura del Carducci si staglia prepotentemente nella poesia italiana del Novecento riprendendo e arricchendo la grande tradizione della poesia classica filtrata attraverso una personalità forte e originale che si apre nel contempo agli influssi della poesia europea e li rielabora con sorprendente modernità preparando la strada al rinnovamento della poesia italiana fino ai giorni nostri.*

Lupetto legge e poi scrive:

Svolgimento:

*Sono sostanzialmente d'accordo con lei, professore.*

Dopodiché si sdraia sul pavimento. Le campane non suonano più e anche il moscone ha finito la benzina. Si sentono scattare i possenti catenacci della porta. Appare il padre di Lupetto, Ezechiele, soddisfatto della caccia, portando appesa al mignolo la preda. Egli non manca, ogni domenica, di recarsi in pasticceria e scegliere personalmente il proprio parlamento di paste. In inverno la maggioranza relativa è dei bigné, ma d'estate aumentano i seggi delle paste alla frutta. Schiavarda la porta e ne balza fuori Lupetto come un gatto dal frigo.

"Hai studiato figlio?"

"Sì. Posso uscire papà?"

"È forse passata una settimana?"

"È passata papà."

"No. La settimana di punizione finisce domani, lunedì."

"No. Finisce oggi, domenica."

"La matematica non è il tuo forte, figlio."

"È che noi contiamo diverso."

"Il diverso è reciproco," conclude Ezechiele.

Lupetto sarebbe disposto a ulteriore dibattito, ma guardando fuori dalla finestra decide che se ne deve andare assolutamente e subito. La porta è chiusa. Ma il terrazzino...

Approfitta del momento in cui il padre e la madre stanno litigando sulla composizione del parlamento. La madre protesta perché ancora una volta la sua indicazione elettorale per le meringhe non si è tradotta in una rappresentanza effettiva. Lupetto prende il pallone e lascia il suo terrazzino

149

per quello limitrofo. Da lì eccolo nel salottino dei Paperi, loro vicini. C'è solo la nonna, in poltrona tra pisolino e coma, aspetta che il caffè caldo diventi freddo per poi farselo riscaldare e così via.

La vegliarda ha uno scossone e vede subito l'evaso:

"Tu non sei quel bambino che abita qui accanto?" dice.

"Sissignora."

"E cosa ci fai qua?"

"Sono venuto a chiedere dello zucchero."

"Ah bene, bravo ragazzino che fai i servizi," e si addormenta.

Così Lupetto passa rapido attraverso le proprietà Paperi e sparisce chiudendo la porta.

"Maria," chiede Papero padre.

"Dimmi," dice Papera madre.

"Abbiamo bambini noi?"

"Una di ventisei anni sposata in Svizzera."

"Eppure..."

"Eppure cosa?"

"Niente, niente," dice Papero padre, e riprende ad aggiustare la bicicletta.

Lupetto corre già a precipizio nel maëlstrom delle scale, verso una pericolosa domenica.

È come nel blues: si può scivolare su altri accordi, variazioni di melodia o di malinconia, ma si ritorna sempre all'accordo iniziale, quello che racconta la storia. Così le giornate di Lucia, variazioni sul pensiero di Leone. Oggi sembra che nessuno sia solo. Passano amori in lambretta, gruppi di ragazzini si radunano e dividono in danza sulla pista di schettinaggio. Due vecchie intrecciano piccole malignità in alta quota dai davanzali. Una quadriglia di vecchi circonda un fiasco. Oggi sembra che tutti siano soli. Un uomo barbuto seduto a guardare gli schettinatori. A una finestra una signora sola che aspetta un principe azzurro, ma le basterebbe anche un venditore di enciclopedie. Un vecchio cieco, stordito in un bar. Militari alla quarta birra, cani senza collare, strafatti e strafatte, pittori pancazzisti, fanciulle sole senza telefonate di fidanzato, uomini soli senza risultati di campionato.

Ma tu non sei sola, Lucia, basta con queste tristezze. Lo so: ma c'era una persona a cui tutti, chi più chi meno, volevano bene. E allora non la si può dimenticare. E basta, Rosa.

"Mi manca," dice Lucia.

"Anche a me," dice Rosa.

"Mi piaceva tanto."

"Anche a me."

"Non me l'hai mai detto."

"Un'amica è un'amica."

"Non mi dirai che..."

"Mai. Solo sguardi. Una volta, prima che stesse con te, un bacio."

Rosa non precisa che il bacio durò dalle tre del pomeriggio a mezzanotte con tre sole interruzioni dell'apnea. Arrivano davanti al bar. Lucia silenziosa calcia sulla strada un sonorissimo barattolo.

"Non metterti a rimuginare, adesso," dice Rosa, "pensi che era andato a Bessico a trovare l'amante?"

"Forse la portinaia," ride Lucia.

Attraversano la strada. Il lavatore di macchina le guarda e fischia un motivetto amoroso. Davanti alla locanda ci sono alcuni destrieri, un asinello di ciclomotore e una Makaramoto rossa che domina la scena. Quattro cavalieri, tra cui la Giraffa, giocano a bocce nel giardinetto. La cassiera Alice vede entrare Lucia e esterna la sua solidarietà con un boero omaggio.

Si fa avanti un gallo malavitosetto con cresta di capelli al burro e camicia similhawai.

"Bevete qualcosa, bambole?"

"No grazie." (Le bambole parlano!)

"Ehi Rosa," dice il Gallo, "mi dài la tua minigonna che ci faccio una cravatta?"

"Ehi Gallo, mi dài la tua camicia che devo cambiar la fodera al divano?"

Il Gallo avanza a tutto sterno sugli stivaletti con tacco, bevendo un sorso di bibita color sangue.

"Allora, il tuo amico?" dice a Lucia.

"Leone?"

"Leone. Era il tuo maschio, no?"

"Non so niente. Indagini segrete, dicono."

"Vedi, bella," dice il Gallo, "io conosco bene l'ambiente. È una storiaccia. Io non so che giri avesse il tuo maschio..."

"Non girava."

"Non t'incazzare! Voglio dire, uno non si fa trovare di colpo così a venti chilometri dal suo quartiere: non entra in un palazzo per caso. Mi spiego, quando dico giri non dico solo rapine o ricatti o roba pesante... Comunque, da quello che dicono i miei amici..."

"Chi?"

"Amici. Su, bevete qualcosa che ve ne parlo."

"Non abbiamo sete."

"Beh, se vuoi saperlo, alla polizia diranno che è andata così: il tuo Leone era entrato per rubare, c'aveva anche la borsa... lì avevano rubato altre volte, ci abita gente importante. Avevano già scippato, svaligiato macchine... allora qualcuno, magari non uno del palazzo, aveva pagato un vigilante... oppure c'è stato qualcuno che ha perso la testa..."

"Ma avranno cercato, perquisito..."

"Delle volte si cerca per trovare, delle volte si cerca per nascondere, carina," ghigna il Gallo. "Se è tutto ancora così segreto vuol dire che non lo saprai mai chi ha ucciso il tuo Leone. A chi interessa la fine di uno sbandato qualsiasi... e non dirmi che il tuo Leone era un fiore di onestà. Non sai quanto poco ci vuole perché qualcuno, improvvisamente, si ricordi di essere andato a rubare assieme a Leone. Non sai quante cose conviene ricordare in questi tempi..."

Lucia trema. Il Gallo le si avvicina, complice.

"Comunque bella, se hai dei sospetti... io ho gli amici giusti: ci son tanti modi di sistemare la cosa. Se vuoi prendiamo uno o due di quel palazzo e li conciamo che dopo, ti assicuro, non li riconosce più nessuno..."

"Fantastico," dice Rosa.

"Su, bevete qualcosa e la studiamo insieme... per queste cose io prendo molti soldi, ma con voi ci si può mettere d'accordo..."

"Ma vaffanculo."

"Come hai detto?" Al Gallo si imporporano i bargigli.

"Ho detto vaffanculo, te e i tuoi amici giusti."

"Senti, anche se sei una bella figa tu a me non mi parli così! Hai capito?"

"Non ti agitare," dice Rosa, "che sudi e ti si scioglie la banana lì in testa."

Il Gallo batte gli speroni furiosamente. Sta preparandosi a menar le mani quando vede la mole dell'Elefante avvicinarsi dondolando minacciosa. Di lui si narra che tiri ceffoni che sembran portoni di chiesa che si chiudono.

"Non passate più di qui, perché se vi trovo..." sibila il Gallo – e per dare più forza alle sue parole se la svigna. L'Elefante lo segue con uno sguardo che sembra un faro della finanza. Poi mostra le zanne alle fanciulle e dice:

"Posso offrire da bere?"

"Grazie. A me una menta," dice Rosa, e si appoggia al banco. Per far ciò sposta in avanti i gomiti e il petto e per contrappeso le va indietro il sedere che viene così a formare una sinusoide (termine che comunque non rende). L'Elefante vorrebbe fare un complimento carino, ma essendo più esperto di galantine che di galanterie, si limita a sospirare. Vedendolo parlare con le due pupe, da tutte le parti della giungla arrivano i predatori. L'Astice arriva dal vivaio gelati ove sonnecchiava, la Talpa trova la strada ribaltando due caffè e la Giraffa per la fretta e l'emozione si presenta addirittura con una boccia in mano.

"E quella cos'è?" dice l'Astice.

"È per lei signorina," dice la Giraffa e la porge a Lucia.

Si dà inizio alle libagioni. Strabiliato il barista porta sei mente a un tavolo dove c'è di regola un tasso alcolico da sabato sera moscovita. L'Elefante racconta tre barzellette soft-core. Arrivano altri avventori, alcuni con un cicciometiccio alle redini, altri con sigaro. Rosa ride e accavalla le gambe sud-est e sud-ovest, provocando extrasistole e posizioni innaturali sulle sedie.

L'Astice propone un brindisi:

"Vedo nel verde mare di questo bicchiere due bellissime

sirene. Esse nuotano davanti a noi, e dietro va la nostra vecchia barca scricchiolando. Un po' brillo ma ben diritto in piedi io dico: auguri a Rosa e Lucia, stelle di questa nostra vecchiaia solitaria."

Applauso.

"Adesso però devi bere la menta," dice l'Elefantone.

L'Astice guarda la verde cicuta e non trema. Chiude gli occhi e ingolla d'un sorso.

"Una volta all'anno si può fare", commenta. "Anzi, come dicono i latini: semel in anno licet..."

Non gli viene il verbo.

"Ci vorrebbe Lucio."

L'allegria se ne va. Lucio è malato. Perché? Perché è vecchio. Leone è morto. Perché? Non c'è un perché. Altre sono le cose importanti nel reame.

"Se non andava in quel giardino..."

"Se non andava là quella sera, alla sua età..."

Se restassero al loro posto.

Se stessero sempre zitti, e il popolo lo lasciassero fare ai comici che dicono un casso avanti.

Se la smettessero di andare in piazza a rompere le balle.

Se obbedissero, senza che ci sia bisogno ogni volta di spaventarli.

Se non ci fossero, addirittura.

I cittadini sono il più grande ostacolo per una democrazia moderna.

"Questo certo non lo dirà in un discorso, onorevole Cornacchia."

"Non lo dirò ma lo penso."


"Questo Cornacchia c'ha una faccia da insufficienza di prove che innamora," dice la Giraffa leggendo sul *Democratico* in qual modo il sindaco ha brillantemente inaugurato il Salone del Galeone.

"Perché Leone è andato là quel giorno?" ripete l'Astice confuso: dopo la menta sei birre.

"Non vi è mai successo," dice la Giraffa, "di andare in un posto senza sapere perché?"

"Sì! Una mattina anni fa," racconta la Talpa, "io mi svegliai e pensai: non posso vivere sempre così. Le astronavi vanno su e giù per la galassia, e io sto qua a poggiar mattoni. Presi su e me ne andai. Di notte col cannocchiale guardavo se c'era qualche atterraggio. Una notte infatti stavo vicino al campo da calcio e scende un'astronave non molto grande, un gran bell'oggetto, sembrava un'ocarina verde. Scendono due uguali a noi, solo senza orecchie e con le palle degli occhi più grosse. Si presentano, piacere Brum di Becoda, Bunt di Becoda, piacere Zanardi fatto buon viaggio, molto traffico, insomma le cose che si dicono quando c'è un incontro ravvicinato di terzo tipo. Mi dicono: abbiamo un problema, non ci arriva la miscela al carburatore."

"Hanno detto proprio così?"

"Sì. Naturalmente parlavano in termini nucleari. Pronto! dico io, qua c'è la Talpa che sa far tutto, c'avevano uno sbrego nella fusoliera, entrava l'aria intergalattica per cui il carburatore si ingolfava. Glielo riparo con la scagliola, loro dicono quanto le dobbiamo, per carità, dico, è stato un piacere, e loro, caso mai passasse dalle nostre parti, io dico sarà difficile perché mia moglie c'ha la fissa di Rimini. Allora Brum mi dice, accetti almeno una stretta di mano di Becoda. È una stretta tipo scossa elettrica che mi ha guarito il mal di schiena e il fegato e son stato bene tre anni perché una scossa vale tre anni. Io a loro ho regalato una pianta di gerani, che lassù sono un piatto prelibato, ci fanno il sugo per i becodzi, che è una pasta loro. Alla fine Brum mi dice: 'Lascia almeno che ti dia un buon consiglio: *Cammina guardando non solo davanti, ma anche sotto e sopra. Vedrai più cose.*' E via che partirono."

Tutti approvarono il racconto della Talpa, solo l'Elefante era dubbioso.

Piomba Lupetto con aria da agente segreto, l'unico al mondo armato di pallone.

"Dov'è Lucia?"

"È appena andata. Se corri la raggiungi."

"Vado."

"Aspetta un momento," dice l'Elefante. "Tu lo sai cosa sono i becodzi?"

"Sono dei maccheroni forati, come i pifferi, che si mangiano su Becoda al burro o con il sugo di gerani."

Appena Lucia e Lupetto si avvicinano al Policlinico si accorgono che sta accadendo qualcosa di speciale. Quattro pantere, molti fotografi, un gigantesco motocentauro che sbarra loro la strada. Scorta una Fiat Capodoglio blu con vetri antiproiettile e tergicristalli rostrati.

"È l'onorevole Cornacchia futuro Sindaco. Viene a visitare il Policlinico."

All'interno del Santedvige l'atmosfera è più del solito febbrile. Si vuotano pappagalli, si cambiano lenzuola, si deodorano malati. Sono state chiuse le camere più malandate e i loro degenti sono ammassati in un salottino, guardati a vista da una televisione. Gilberto Gufo corre qua e là schierando paramedici, aggiustando berretti, auscultando lavandini. Vengono portati ovunque extracrocifissi e saccheggiata l'intimità delle suore. Passa un infermiere in via Crucis portando un Cristone di legno. Sui vassoi dei pranzi vicino al semolino appaiono incredibili fette di formaggio e foulard di prosciutto. Un malato ha un collasso alla vista di una banana.

Ed ecco che un frastuono di democrazia annuncia che Cornacchia sta salendo le scale e presto i sordi udranno, e i ciechi vedranno e potranno votare.

"Andiamo a trovare un malato," dice Lucia, "camera centonove."

"Non si può finché dura la visita dell'onorevole," risponde il guardione.

"E quanto dura?"

Il guardione spalanca le braccia per complessivi due metri e quindici centimetri.

"Allora cosa facciamo, dobbiamo aspettare qui?"

"Siete parenti?"

"Sì," mente Lucia.

"Io no," dice candido Lupetto, "solo amico."

Il guardione storce la bocca. "Ah sì? E quanti anni ha il tuo amico?"

"Settanta."

"E tu che sei un bambino sei amico di uno di settant'anni?"

"A lei non piacerebbe come amica una bimba di diciotto?"

"Cosa c'entra, è diverso."

"Il diverso è reciproco."

"Come?"

"Niente. Allora mi fa salire?"

"No. Solo i parenti. "

"Amici no?"

"Ho detto solo parenti, sei sordo?"

"No, se no non ero qui, ero dall'ottorino."

"Otorino con una ti sola."

"Come motorino?"

"Sì."

"Non come mottarello?"

"No. Mi stai prendendo per il culo?"

"Faccia lei."

"Adesso mi hai scocciato, bambino, va bene? E smettila di far girare quel pallone."

"Non si può?"

"No. Vai nel parcheggio. Proprio qua devi venire a gio-care?"

Interviene Lucia e il guardione soprassiede. Ma Lupetto è vendicativo e appena entra il corteo del quasi primo cittadino, mòlla libero il pallone. Zico passa lentamente davanti ai piedi dell'onorevole con grinta da ordigno. L'incidente ritarda la visita di ben due minuti.

### CAMERA CENTONOVE

Al terzo piano Lucio Lucertola non sta bene, ma nessuno gli bada. Chi sta anche peggio è la Sogliola. Le hanno cambiato letto e l'hanno messa a sedere perché possa essere passata in rassegna dall'onorevole. Respira come un turbo. Per di più le hanno di nuovo spento la televisione.

Cinzia e Oreste sono nel corridoio, schierati militarmente, mentre Gilberto Gufo controlla nervoso le pulsazioni dell'orologio. Cornacchia non arriva. Finalmente eccolo che appare in cima alle scale, un botolo con occhialini d'oro e scarpine nere a punta. È scortato da un agente e da una suora, ambedue baffuti. Si sbaciucchia con Gilberto Gufo. Una scarlattina in pigiama gli offre dei gigli puteolenti. Gli infermieri sorridono, chi più chi meno. In quel momento si sente un urlo: è Lucio dalla centonove.

"La Sogliola tira le cuoia!"

Gilberto Gufo glissa. Conduce l'onorevole a vedere alcuni modernissimi macchinari tedeschi che permettono di controllare il battito cardiaco di uno che nuota a dieci chilometri. Cornacchia se ne sbatte, ma dice "superbo, superbo" e acconsente a farsi provare la pressione. È un po' bassa.

"Meglio bassa che alta," dice.

La sua competenza medica viene approvata dai presenti con dondolii del capo sul tronco.

Cinzia Cicogna improvvisamente diserta la cerimonia e corre nella centonove dove la Sogliola è ormai cianotica. La ossigena e la sdraia. Lucio Lucertola si è issato in piedi e mostra fieramente attraverso la fessa delle braghe ciò che gli resta di peccaminoso. In tal posa lo sorprende l'entrata del quasi sindaco.

"Vede?" interviene Gufo, "alcuni malati quando stan meglio si alzano in piedi per proprio conto."

Lucio Lucertola si risdraia subito.

L'onorevole si avvicina, braccia dietro la schiena.

"Allora va meglio, va meglio...?"

Lucio Lucertola si tocca ostentatamente le palle.

Viene censurato con lenzuola supplementari. La Cornacchia imbarazzata svolazza fino al letto di Torquato Topo che deferentemente gli si inchina da sdraiato raggiungendo la forma di banana.

"Allora va meglio, va meglio..."

"Se Dio vuole..."

"Certo che vuole," e l'onorevole fa un segno alla suora come per dire: mi ricordi che poi a questo Dio ci parlo io.

"E come si trova, come si trova..."

"Bene! Il dottore ci cura con cura... si può dire due volte?"

"Certamente! E quando sarà dimesso lo sa, eh, lo sa?"

"Forse in settimana," interviene il Gufo.

"E questo signore, questo signore?" dice Cornacchia indicando la Sogliola.

"Quello lo dimettiamo domani."

"Ah," dice Cornacchia, "e allora è contento, è contento?"

Silenzio.

"E allora," ripete Cornacchia, "è contento, è contento?"

(Non si diventa politici senza costanza.)

"E allora," tripete Cornacchia, "è contento, è contento?"

Cinzia sussurra qualcosa all'orecchio del dottore. Il dottore sussurra qualcosa all'orecchio dell'onorevole. Costernazione. Deplorevole incidente. La Sogliola è morta.

"Una complicazione imprevista," si scusa il dottore.

"Sì," ruggisce Lucio, "la complicazione è lei e quel menagramo di un onorevole. Fuori dai coglioni!" Ma la voce non gli esce. Brutto segno. Tutto gira. Cornacchia prosegue verso le ernie.

### SALA D'ATTESA

Mentre Lupetto si aggira nel parcheggio storcendo retrovisori, Lucia aspetta pazientemente che Cornacchia sia arrivato all'ultimo girone, quello degli Infettivi, da cui poi discenderà perché attendono la sua Persona altre due cliniche e un Traumatologico. Fa la sua entrata in sala d'attesa Pierina Porcospina con un gigantesco gambo di sedano fuoriuscente dalla borsa.

"Niente cibo ai malati," precisa subito il guardione.

"Oh no," smentisce la portinaia, "è tutta roba per il mio minestrone, siccome per venire qua devo prender due autobus che il primo è il ventitré e combinazione per prendere il sei devo scendere al mercato così ho approfittato in quanto al ritorno..."

"Capito," tronca il guardione.

La portinaia e Lucia si riconoscono.

"Lei è la portinaia di Bessico."

"Lei è la giornalista di radio Cigùm. Dio mio che giornate abbiam passato! Per fortuna tutto è tornato normale, la vita del Bessico Hilton è ripresa. Solo il Sandri è più cattivo che mai e ci han dovuto rifare due denti, tanto era mica bello anche prima. È venuto due volte il Porzio, bell'uomo, ha visto che peli lunghi però nel naso, mi ha fatto delle domande, le solite, ma si vedeva che non c'aveva voglia gli ho fatto il caffè, uomo colto, bel vocabolario, conosceva tutte le piante del giardino sa che nel giardino del ConDominio tengo dietro a tutto io, ho messo le ortensie la dalia fragolina, le giuro anche una pianta di limoni che ha preso, bella alta viene su che è un miracolo dato il clima signorina mi sembra un po' pallidina stia attenta che la ricoverano, scherzo non che critichi il posto ma tre mesi mio marito è tre mesi che lo tengon dentro ma forse lo dimettono oggi sì (fiatone) ecco lì il Cornacchia che torna giù. È più piccolo che in televisione, già che in televisione non si vede i piedi. Sa chi abbiamo visto noi una volta dal vero nel palazzo che andava alla Videostar? Garbo il comico quello che dice facciamo un casso avanti, pieno di rughe come una tartaruga che delusione, si vede che prima di recitare gli danno del bel trucco. Come la Varzi quella che sta al terzo c'ha un comodino, giuro l'ho visto io, gesù tutte bottigliette vasini crema pastrocchi lambicchi so io quando si prepara ci mette le ore si tirrra si lissscia si lllecca tutta la faccia e allora siamo capaci tutti, lei no non c'ha bisogno che è giovane, ma io guardi le mani mica ci do la Venus io ci do della sgurella e una volta vien giù la Varzi tutta vestita che sì (fiatone) vestita che sembrava pitturata unta colorata sembrava un'insalata russa e mi lascia delle chiavi che sembravan passate nell'olio diomio giuro e mi dice signorrra Pierina, c'ha la errrrrre, ma che capelli bianchi c'ha alla sua età tinturrra niente, eh Dio, Pierina sembra che c'abbia ottant'anni e si faccia la tinturrra che se no dicono che c'abbiamo la portinaia da ricovero, così m'ha detto quella gallinaccia scusi sa ma mi ha fatto venire una fotta ha capito la signorrra e io zitta scema ma che capelli bianchi ci volevo dire signora, se invece di star lì a pitturarsi il faccino lei venisse qua a tener dietro al giardino e rispondere a quel cristo di citofono altroché capelli bianchi le vengono le vien la rogna che li perde tutti, e poi cosa mi vuol dire quella che c'ha neanche una famiglia, e chi se la prende una che è tutto il giorno davanti allo specchio se l'immagina 'andiamo fuori cara?', 'momento caro che mi devo sistemare', ma sistemati le balle mi scusi sa mi vien una fotta se poi penso a quell'altro, buono da friggere, il Sandri maleducato che razza di arie, ieri passa c'era il mio gatto Simone un gatto non per dire che è l'educazione in persona e il Sandri entra e fa 'qua c'è puzza di gatto!' e io gli dico guardi che son io che cucino il pesce, che lei sa ci metton l'ammoniaca, perché mettono il conservante dentro a tutto ormai ce lo dovrebbero mettere anche alla Varzi aha uhu oho scusi sa ma m'è venuta spontanea, allora dov'ero sì (fiatone) ha sì il Sandri dice, no che questa è pissa di gatto ma che pissa e pissa questo è nasello, e lui gatto, e io nasello e insomma che animale è o non è, alla fine mi ha detto guardi signora che in questo ConDominio gatti non se ne potrebbero tenere e io zitta scema e invece ci volevo dire allora quel suo cane il Bronzon lì che fa delle merde che sembran dei budini cosa dovrei dire io perché il Bronzon c'ha il pedigrì e il Simone no, ma il pedigrì le sue balle ci volevo dire perché... dice a noi? Guardi signorina che il custode sta dicendo a noi, possiamo già andare su alle camere? meno male a che piano va lei signorina? terzo anch'io allora si va insieme, sa qui hanno degli ascensori che son mica tanto belli mi sembran delle casse da morto magari ce li mettono davvero ogni tanto i morti invece l'ascensore da noi è un sabiem pensi che una volta si rompe, noi andiamo al terzo grazie, allora una volta si rompe viene la Varzi mi dice 'l'ascensore è rotto' e io, mica l'ho rotto io, cosa vado in giro di notte a segare le corde dell'ascensore? ci volevo dire e lei dice 'comunque provvedere' e io zitta scema chiamo quello della manutenzione che mi dice: è il bilanciere, e io tante grazie, secondo lei so io che cos'è il bilan..." (sfuma allontanandosi verso l'alto).

## ESTERNO POLICLINICO

Lupetto ha stortato gli specchietti in numero di centosei. Ha contato le finestre dell'Ospedale, duecentocinquanta. Ha cercato la targa con più zeri, MZ 400500. Ha letto la prima pagina di un giornale di moda sul lunotto posteriore di una Lancia Zanzara. Ha staccato due adesivi col Panda, ha visto partire il Cornacchia scortato da quattro puloni neri, ha sbadigliato. Adesso proprio non ne può più. Guarda su verso le finestre dell'ospedale e chiede aiuto al suo amico e maestro Lucio Lucertola. E quello subito gli manda un angelo, sotto forma della Cinzia Cicogna che finito il turno si avvicina alla sua Fiat Porcellino per tornare alla casa di cui, come dicevasi nel Seicento, essa è preziosa infermiera. La Cinzia vede prima il bambino pallonato poi lo specchietto storto. Lo raddrizza e si rende rapidamente conto che il lavoretto è stato eseguito scientificamente in tutto il parcheggio.

"Complimenti," dice la Cicogna, "bell'impresa!"

"Se lei si annoiasse come me altro che gli specchietti storcerebbe."

Quando la Cicogna vede un bambino triste naturalmente non può che intenerirsi. Cosa che fa all'istante.

"E perché non giochi con quel pallone?"

"E dove?"

"Se vai lì dietro c'è il vecchio parcheggio abbandonato. Non c'è mai nessuno. Puoi giocare contro il muro, oppure ci sono gli infermieri che aspettano il turno, gioca con loro."

Lupetto si illumina: il Quisipuò, il paese meraviglioso di cui ha sentito parlare, il luogo dove i palloni volano liberi come nuvole e nessuna voce irosa li condanna, dove giorno e notte rimbombalzano ebbri di gioia.

"Ha detto di là?"

"Di là."

"Mi scusi per lo specchietto."

"Pazienza."

"Mi scusi anche se le ho staccato il panda."

"Il motore me lo hai lasciato?"

Lupetto si inchina e corre, corre zig-zagando tra le macchine. Ecco il parcheggio. Vecchio, sconnesso, tra le pietre cresce già qualche insalata clandestina. Ma a lui sembra il Maracanà.

Dal fondo appaiono due angeli biancovestiti. Uno è Oreste l'Orso, l'altro un infermiere giovane. Le nove celesti parole che Oreste proferisce sono le seguenti:

"Bimbo, dai qua quel pallone che facciamo due tiri."

Oreste riceve tra le zampe il pallone. Di colpo la sua mole si anima di una grazia sovrannaturale e con la punta del piede egli fa saltellare la sfera punta tacco e tacco punta, un giocoliere, un brasiliano, una miniatura. Quando il pallone torna a Lupetto è come se fosse ricoperto d'oro. Il sole brilla sul Quisipuò. Dal parcheggio cominciano a fioccare le bestemmie dei possessori di specchietto storto.

## CAMERA CENTONOVE

La centonove ha le finestre chiuse. Il letto della Sogliola è libero, il portinaio se ne sta andando clinicamente e caratterialmente dimesso. Mette in una borsa le sue cose compresa una mezza minerale. Pierina parla a bassa voce e sembra un ventilatore. Nel trono del suo letto il cavalier Lucertola dorme, una vena sulla fronte pulsa e segnala che qualcosa ancora circola. Sul comodino un castello di libri e medicine.

Lucia entra piano. Le hanno detto che il professore è ancora peggiorato. Si siede sul letto che vide le gesta di Torquato Topo. Il portinaio si congeda con aria di scusa, lui resterebbe, ma gli han detto di andare...

Così quando Lucio apre gli occhi vede nel letto vicino Lucia.

"Sono in paradiso," dice subito. Festeggia con tre sorsi di acqua gasata. "Dimmi cosa succede fuori, Lucia."

Ecco le ultime notizie. Elefante caduto dal motorino rimbalzato indenne stop. Giraffa sfrattata per la quarta volta in dieci anni: ha un collo che non sta in nessuna casa. Astice normalmente incazzato. La Talpa ha un ennesimo nipotino che si chiama Taddeo: è entusiasta perché dice che è uguale a un marziano. Il bar è dotato di un nuovo frigogelati della capienza di due quintali. Rosa al mare. Cane di Formicone ucciso dal fulminatopo. Castoro l'idraulico ha pescato una carpa che appena uscita dall'acqua pesava un chilo ma in una settimana di racconti benché morta ha raggiunto i tre chili e mezzo. Si ignora il mangime utilizzato. Nanni è uscito di galera, è tornato a casa dalla moglie ma quella non voleva aprire, lui allora ha sfondato la porta e dentro non c'era la moglie, c'eran due di Foggia impauriti che han detto le diamo tutti i soldi ma ci lasci stare. La moglie sta al piano di sopra, ma lui dopo tre anni s'era scordato.

"E il canarino?"

"Sta bene, l'ho preso con me. Finché lei non guarisce, s'intende. Sa che canta davvero bene? Mi sembrava addirittura che ieri fischiasse i Rolling Stones."

Anni di educazione musicale sprecata, pensa Lucio.

"E Leone?" chiede poi.

"Nessuna novità..."

"Non è vero," dice Lucio con aria di complicità, "non posso dirle niente, ma presto sapremo..."

"Su, non scherzi! Leone sarà dimenticato."

"Non si dimenticano i buoni esempi. C'è sempre un momento per la verità e alla verità basta un momento. Non mi ricordo se l'ha detto Spinoza o Oreste."

"Oreste?"

"Filosofo della scuola dei plantigradi paramedici ontologici."

"Lei scherza, professore."

"No. Leone era un giusto, anche se magari qualche volta per fare un po' di pilla qualche trapezio l'avrà fatto pure lui, ma non si può sempre subire, poi uno si schioda e fa la sua gara, se no sei sempre al brevo..."

"Che linguaggio spinoziano, professore..."

"Anch'io vorrei dare un buon esempio, Lucia. Perché quando alla fine comprendiamo che strani animali siamo, di una forse estinguenda specie, allora ci vien voglia di capire se ammazzarci o disprezzarci fa parte di un disegno della natura o se qualcuno disegna per essa il Fato, le Parche, le Potenze, i Pulsanti, oppure qualche animale che sogna di diventare esemplare unico. Viviamo tempi di assassini distanti, segreti, distratti. Nessuno sa per quale esperimento la vita gli vien tolta. Quanta voglia di una piccola verità! E io saprò chi ha ucciso Leone."

"Chi?"

"Li conosco," dice Lucio, "i primi della classe, i secchioni del cinismo, quelli che imparano a memoria quello che *non* si deve dire. Finti spregiudicati, maggiordomi dei tempi. Eccoli lì gli eroi di domani: ecco chi ha sparato. È stato Sandri, che usa le armi perché per lui non sono armi, sono come le sue braccia, le sue parole, il suo disprezzo, cose che servono per fargli spazio perché gli altri se ne vadano dal mondo, che è suo. O è stato suo figlio. Si annoiava. O Federico. Si divertiva. O la portinaia perché gli pestava l'erba. O Edgardo perché l'aveva scambiato per un poliziotto. O viceversa. Oppure quelli del cinema, per girare una scena dal vivo. Nessuno si impressiona più, passati i bei tempi in cui bastava mettere tre cadaveri negri tagliuzzati per fare l'incasso. Oppure è stato un vigilante impazzito. O il misterioso Lemure. O qualcuno che voleva provare il fucile nuovo. Cosa importa? La gente sa che in fondo si può fare. Un giorno saranno troppi e allora si dirà: basta, non si può più, smettetela, la caccia è chiusa. Ma la gente non smetterà."

"A me basterebbe trovarne uno solo," dice Lucia, "dei suoi colpevoli. Ma non lo trovo, non riesco a immaginare uno col fucile in mano, mi fa paura. Immagino solo tanti piccoli gesti di viltà, di indifferenza, piccoli conformismi, piccole ubbidienze anche quando si sa che non è giusto. Tutto piccolo, e intorno un grande dolore, sempre più vicino. Vede, ora penso di sapere perché Leone era là: una volta gli dissi che avrei voluto in casa una pianta di limoni. Credo che lui sia andato a rubarla in quel giardino, per il mio compleanno. Almeno questo è ciò che sempre penserò, anche se non è vero."

"Non essere triste, Lucia," dice Lucio, mettendosi a sedere con fatica. "Da questo molleggiato trono io ti nomino cavaliere. Nascerà un nuovo Disordine Cavalleresco. Non una sola volta ti comporterai come non vorrai. Sarai libera e renderai conto solo alla tua coscienza e ogni volta che lo farai sentirai il silenzioso·applauso di milioni di batteri. Al tuo passaggio fioriranno i gerani, i cinesi si inchineranno, i marziani si illumineranno a intermittenza. E verrà un gran giorno e i Mottarelli venderanno tutti gli elefantini e i mercanti d'armi neanche una. E saremo in pace, anima e cellule. Lo giuro sulle Un Po' Noiose Verità che ho insegnato e su quelle Assai Interessanti che ho imparato. Giuro su Piemonte del Carducci, e sulla cicuta di Socrate, sulla morte di Ettore, sul macongranpenleretricangiù, sul tragico che sconfina nel comico, sull'aoristo, sul presente e su spero promitto e iuro che reggono un infinito radioso futuro. Su quanto di più alto e basso si agita in terra, dal naso di Coniglio al Sacro Graal, dal microbo più diseredato al più grande Poeta e oltre nella classificazione Universale e nella spaventosa stupidità che la svende! Stanotte saprò tutto. Ora vai, e salutami gli amici."

Ora Lucio è molto stanco. Neanche una stretta di mano becodiana potrebbe guarirlo. Il soffitto della stanza gira lentamente e si apre, come il tetto di un osservatorio. Lucio sente nel fermarsi del respiro la vertigine di quella salita. Ridiscende, spossato. Due infermieri sono entrati e hanno acceso la televisione. Quale sarà la moda autunno-inverno? Cambia canale. Alvaro ha al governo misure. Cambia, manda via quella faccia di cazzo. Ecco, meglio qui. Un comico caustico un giornalista scomodo un intellettuale organico tutti nel canale di un palazzinaro cinico. Questa sì che è democrazia.

"Abbassate, per favore."

"Non faccia lo snob. Guardi che adesso c'è pugilato, campionato europeo dei pesi mosca tra Callifora e Tafani.

Poi c'è quello del facciamo un casso avanti, non me lo perdo mai."

"Abbassate per favore, voglio dormire."

Le parole ora rimbombano nella testa di Lucio Lucertola. Grida: "Lucia!"

E non esce la voce. Poi si addormenta.

Nel sogno del professore la città è mezza vuota. Anche la gente è mezza vuota e vive metà vita. Si incontrano e fanno gesti che non riescono a concludere. Dicono solo metà delle parole. Alcuni non hanno la testa, altri non hanno gambe e stanno immobili sulle macchine, suonando irosi, ma davanti non c'è nessuno. Un uomo in piedi in una mezza cabina con un mezzo telefono, cerca di chiamare. Ma il numero è nell'altra metà del mondo. D'improvviso ululano le sirene, tutti scappano in casa e chiudono le finestre. Resta in strada solo Lucioleone, con una intera incredibile allegria, e gli piacerebbe dividerla con qualcuno. Facciamo a metà io e lei, professore? Attraversano piazza Cadorna deserta. Per il caldo la statua del Generale s'è bagnata nella fontana, lo si vede benissimo dai baffi gocciolanti. Dal fondo della strada, ecco arrivare Mottarello con i suoi elefanti. Elefanti veri, stavolta, in fila dal più grande al più piccolo. Il più grande arriva con la testa al primo piano delle case. Arrivano le autoblindo dei militari. Cominciano a sparare sugli animali. Ne cade uno, poi due, poi tutti crollano come case bombardate, alzando nuvole di polvere. Sparano anche dalle finestre delle case. L'ultima fucilata se la becca Mottarello in mezzo agli occhi. I militari portano via i giganteschi cadaveri con camion. In un minuto tutto è finito. Sulla strada ora c'è solo un'ambulanza. Oreste l'Orso sta avvolgendo Mottarello in un lenzuolo bianco.

"Cosa guardi, ragazzo?"

"Oreste, non mi riconosce? Sono il professore..."

"Non lo so. Sono stanco. È tutt'oggi che faccio questo lavoro."

"Lei sa... dove posso trovare una pianta... di citronella intermuraria, limone urbano, limone insomma?"

"Lo sa benissimo."

"Ma è lontano..."

"Lontano o no, professore," dice Oreste, "mica vorrà tornare indietro."

"Lei dice?"

"Dico."

"Mi dia qualche consiglio, almeno."

"Non ne ha bisogno. Lei si è comportato benissimo."

"Giuri."

"Giuro. Io ne vedo tanti... di elefanti, si intende."

"Già."

"Allora buon viaggio. E grazie dei libri."

Leone si incammina verso quella parte di città che il caldo ricopre di una nebbiolina leggera. Tutto è assolutamente silenzioso, fermo, sospeso, come un mare dipinto.

Domani sapremo.

Quarto movimento

## INIZIO FINALE

IL GIORNALE DEL GIORNO DOPO

È stata definitivamente archiviata l'inchiesta sulla morte di Leone Leoni, il giovane ucciso con un colpo di fucile da caccia nel giardino di un ConDominio di via Bessico. Perquisizioni e indagini non hanno portato alcun elemento chiarificatore. Nel corso dell'inchiesta è stato arrestato il commerciante Edgardo Zecca, 53 anni: ma per tutt'altro reato, e cioè detenzione e traffico di stupefacenti. Il Zecca, che faceva parte di un'organizzazione molto ramificata e fruttifera, una vera multinazionale (nel senso deteriore della parola) del crimine, si faceva spedire la droga dentro confezioni di cioccolata sfusa. Quanto al "caso Strello", l'altro abitante di via Bessico apparso sulla scena della giustizia, tutto è stato chiarito. Le foto "osé" appartenevano ai provini di un film sperimentale che non è mai stato girato, e sono comunque ritornate ai legittimi proprietari. Del tutto prive di fondamento si sono poi rivelate le voci del ritrovamento di un arsenale di armi in un appartamento del ConDominio. In casa del cavalier Sandri, noto finanziere cittadino, sono stati trovati alcuni fucili, tutti peraltro regolarmente denunciati. "Ora," ha detto il finanziere, "speriamo di essere lasciati in pace."

In quanto al motivo per cui il giovane Leoni entrò nel fatale ConDominio, l'ipotesi del furto resta la più probabile. Durante una perquisizione nell'appartamento del giovane è stato infatti trovato un frigorifero pieno zeppo di costosissimi formaggi esteri. In quanto al "fantasma del kung-fu", il giovane estremista che nella notte...

La mano del commissario chiude il *Democratico*.

Il caso è risolto, pensa.

Guarda soddisfatto il paesaggio del suo ufficio. Una sedia, una scrivania. Sulla scrivania un vecchio calamaio, piccola roccia solitaria sul vetro del ripiano, come in un giardino zen. Deserto dell'ordine. Chi entra immagini che, da quel calamaio ormai secco, possano essere scritte parole e sentenze terribili. Ognuno mediti sulla complessità del mondo e la semplicità della legge.

Il commissario attraversa il marmorto del suo ufficio e ripensa:

Il caso è risolto.

Il fiume si chiama Mareb. Così ha deciso senza appello il commissario, aggiungendo le due lettere mancanti con un atto di autorità. Nessuno potrà smentirlo, mai. Nessuno riprenderà in mano il caso del quattro verticale. Fiume maledetto, spero che sulle tue acque galleggino carogne e liquami, pensa il commissario mentre raggiunge l'anticamera. Là alcune foto di ricercati mostrano sordidi profili in una sordida bacheca. In un angolo Olla prende a ditate negli occhi una macchina da scrivere. In lontananza si ode il lamento di una scippata che elenca i tesori perduti:

"... e poi un borsello, le chiavi, i tampax, non rida, anche un puffo per mio nipote, in che senso un puffo? un puffo tennista..."

Entra Pinotti con gocce di sudore fuori ordinanza.

"C'è quel giornalista, Carlo Camaleonte," dice.

"Lo faccia entrare."

Ecco Camaleonte appena rosolato da una domenica al mare, con maglietta a righe arancio, dodici orizzontali. Depone sulla scrivania una catasta di agende. Tutti sono in ferie, ed è tanto il lavoro per il povero Nemeček.

"Allora," gli sorride il commissario, "quando ce la date la notizia ufficiale del sindaco?"

"Lo saprete prima voi di noi," sbuffa Carloleonte.

"Andiamo, andiamo. Il vostro direttore sa sempre le cose prima che succedano..."

"La seduta è in corso. Faranno Cornacchia."

"Cornacchia mi sta bene," dice il commissario. "È una persona seria. L'ho conosciuto una sera, parlava di economia, mi sembrava che avesse le idee molto chiare."

"Veramente la sua azienda è fallita due volte."

"Sbagliando si impara. Solo Olla fa gli stessi errori a macchina da due anni. Vero?"

"Sssissignore," fa Olla verso il mondo esterno, e all'interno: la bagassa de tua madre bagassa...

"Così tutto va a posto," dice il commissario, dopo un breve silenzio.

"In che senso?"

"Nel senso di Cornacchia."

"A posto per forza. Tre volte assolto dall'accusa di associazione mafiosa. Sospettato di amicizie..."

"Alt, giovane. Qui siamo in questura, non al giornale. Qui fino a prova contraria l'amicizia non è un reato..."

"Ma come se li sceglieva male gli amici," non dice Camaleonte. In silenzio conta le agende. Il commissario apprezza questo silenzio e torna di buonumore.

"Vuole le ultime novità della metropoli, Camaleonte? Beh, poca roba: due scippi e uno che si è buttato dal quarto piano, uno sfrattato. Ecco quello che si dice lasciare subito libera una casa."

(Nessuno ride.)

"Intendiamoci, son drammi umani. Ma qua dentro ci si fa un po' di pellaccia. Vero Olla? Risponda!"

"Sono drammi sì," dice Olla e per l'incazzatura scrive: *in daya odier,a*, e deve cancellare.

"Ho letto il suo pezzo sulla chiusura del caso Leone," riprende il commissario. "Un buon pezzo. Forse qualche nome di troppo, un po' ostentato."

"Me l'ha corretto il Redattore Capo," dice Camaleonte, "io avevo scritto diversamente. Ci sono tante cose che non mi convincono, commissario."

"Olla, vai di là a dare una mano a Pinotti," dice secco Porzio.

"M a sobo gi& in tre di l&," dice Olla in crisi da battitura.

"Vai lo stesso."

"Ho capitp. Ci andr! subito, signçr coùùissario," dice Olla.

Restan soli di fronte, il quarto e il quinto potere. Il commissario siede dietro la minacciosa vastità verdemare della sua scrivania.

"Allora, Camaleonte, che cos'è che non la convince?"

Carlo perde un po' di baldanza ma parla, stavolta.

"Anzitutto la storia di Sandri. A parte i suoi precedenti, io non capisco cosa se ne faccia uno di tutti quei fucili in casa. Poi quel mirino telescopico... mi dica perché non ne abbiamo potuto parlare! Va bene, lasciamoli pure in pace..., però... e poi quel fotografo ammanicato con tutti... e lasciamo in pace anche lui... e Zecca... e questa storia del furto... insomma, mi sembra che questo caso si chiuda un po' troppo in fretta."

"Caro giovanotto," dice il commissario, e si alza in piedi sfoggiando di nuovo il suo famoso passo cammellato. "A lei forse piacerebbe sapere che c'è un 'cecchino' sui tetti di una zona della città? Le piacerebbe vivere con questa 'angoscia'?"

Dio, di nuovo le virgolette!

"Le piacerebbe che di questa città si dicesse che è come 'Chicago' o 'Beirut' o 'Addis Abeba'? e che chiunque da un momento all'altro le può tirare una fucilata in testa?"

"Io penso..."

"Non pensi troppo. Prenda esempio da tanti suoi colleghi che hanno deciso di far raffreddare le meningi per qualche anno. Avete già tante cose da fare. Congressi, giurie, enciclopedie. Guardi il giornale: cosa bevono i vip? Che materasso usano i vip? Tutti chiedono il vostro parere: a me, sempre di pistole e bombe chiedono. Allora è giusto che siamo noi i soli competenti, dalla fucilata isolata al treno che salta in aria. O vuole che risponda io sul materasso?"

"Ma la gente..."

"La gente già non si ricorda più questo Leone. Chi ha sparato ha fallito il suo scopo, che era quello di farci sentire deboli. La città è tranquilla, e quella è tornata la zona più tranquilla della città tranquilla. Amen."

"Quello avrà fallito il suo scopo, ma il ragazzo l'ha centrato. E il ragazzo non è tranquillo, è morto."

"È uno solo. Ma se perdiamo il controllo, la gente si sparerà da finestra a finestra."

"Lei sa che sotto i nostri occhi si vendono e comprano armi come il pane. Diciamo alla gente di avere paura. Poi di non averla. Saltano in aria e diciamo: saprete. Poi, ci dispiace, non potete sapere. Hanno sempre più paura. Che cazzo di pace è questa? Le retate? Le auto corazzate? Queste merdate di processi? I Corpi Speciali per chi occupa case? Il signor Cornacchia e l'insufficienza di prove? Le trecento telefonate per lasciar stare Sandri?"

Il commissario sospira con particolare impegno. "Lei proprio non ci aiuta. Eppure ho qua davanti il suo prestigioso giornale. Otto pagine di vacanze, vignette, test, galateo. La cucina, la tetta al vento della moglie del presentatore, guardi qua, presa col teleobbiettivo, roba da alto spionaggio. Poi un po' di canzonette, programmi televisivi e gente importante: successo, successo, successo. Ecco, non succede più niente, è tutto successo. Le piace la battuta? Cosa crede, sappiamo scherzare anche noi. Guardi qui che inchiesta scottante: la hit-parade del look degli onorevoli: quale politico porta meglio gli occhiali? Questo ci aiuta. La gente pensa che tutto va avanti bene. Questo fa sì che spari solo chi di dovere. Questa è pace."

"Sì, questa è pace," dice Camaleonte, "ma guai sprecare una riga su una guerra, se abbiamo un'azienda che ci lavora. Cosa crede che interessi di più al mio giornale, una mia inchiesta o prendere una tetta a un chilometro, o la verità su un menisco?"

"I giornali hanno dei padroni. Lo stato ha dei governanti. La polizia ha dei capi. Se non vi piacciono, cambiateli. Noi siamo qui apposta per impedirvelo. Amen."

"Questa è una verità, la sua verità. Ma con quello che vede qui dentro, e quel ragazzo morto in mezzo al prato, non crede ci sia un'altra metà della verità?"

"Lei cerca una verità intera che non esiste!" grida il commissario spazientito. "Qui bisogna scegliere: lei vuole stare o no con il paese che va avanti?"

"'Avanti' dove, porcodio," dice Camaleonte. Poi tace, atterrito. È tornato di colpo dieci anni indietro! Alla sterile contrapposizione, all'invettiva non costruttiva, alla molotov verbale.

Il commissario lo guarda minaccioso. Riflesso raddoppiato dal vetro della scrivania, sembra il re di spade. Quale sarà la sentenza? Squilla il telefono. Il commissario risponde e si illumina di sorrisi. Dice sette volte "carissimo". Ciondola il capino.

"Benissimo! Grazie della notizia! Buon lavoro anche a te!"

Guarda Carlo con improvvisa bonomia. "Era il suo direttore," annuncia. "Ciccio Cornacchia è sindaco! È meglio che lei torni subito al giornale. Fanno due pagine speciali per l'elezione. Questa mi sembra una notizia importante, no? Mica vignette..."

· Carlo si alza in silenzio.

"Su," dice il commissario accompagnandolo fuori, "domani nessuno parlerà più di Leone. Si fidi. Lei è giovane, ma io ne ho viste di tutti i colori, per solutori abili e più che abili. Domani tutti a parlare di Cornacchia, magari per dire che è mafioso, ma non parleranno d'altro. Cornacchia è il suo futuro. Mi saluti il direttore."

Il Monte Tre era immerso quella mattina in un silenzio primordiale. La gru alzava al cielo la sua testa di brontosauro. Anche gli ultimi condomini se ne erano andati, in un pecorìo di zoccoli e frastuono di chiavi e catenacci, sette, otto, dieci, venti raffiche intimidatorie per i ladri. Se ne andò anche il condomino dell'ultimo piano, quello che annaffiava i gerani del sottostante terrazzo Lucertola. Essi rimasero soli, senza voce per chiedere aiuto, e anche il basilico si spense serenamente nel suo letto e non su un lontano spaghetto. Nei quaranta metri quadri il buio avvolse ogni oggetto con accuratezza. In strada, il caldo allontanò gli ultimi animali, e attirate dalle spazzature rigogliose per lo svuotamento vacanziero dei frigo, arrivarono mosche da tutte le parti della regione. Il fiume le salutò con una fanfara di tanfo senza precedenti.

Solo tre uomini, anzi due uomini e un bambino, osarono quel giorno attraversare il quartiere e dentro un autobus rovente raggiungere il Santedvige. Erano l'Elefante, l'Astice e Lupetto. Nulla può essere paragonato allo splendore della loro apparizione nel vasto atrio del policlinico.

Primo appare Lupetto e indossa un completo da calcio rossoblu con scarpette chiodate. L'Astice splende in misto lino crema con cravattino macaone e cappello di paglia cru.

Sotto al braccio reca un'ostrica di scodelle contenente la perla di un crème caramel fatto dall'Asticessa in persona, dono per Lucio. Per ultimo appare l'Elefante in camicia da esploratore, braghe corte, pedalini bianchi e sandali. I piedoni dell'Elefante, compressi nelle fibbie dei sandali, aggiungono due pance supplementari alla principale. Completa il tutto un ventaglio con cui l'Elefante sconvolge l'aria. Il guardione non ha mai visto nulla di simile. Provvede a eliminare subito uno dei tre ufo.

"Tu, bimbo, fuori. Ti ho riconosciuto."

"Arrivederci e grazie," dice Lupetto che non aspettava altro. Vola al parcheggio ove è atteso.

Ma gli altri due ufo sono ancora lì, raddoppiati dalla cera del pavimento.

"L'orario di visita è alle cinque," fa il guardione.

"E allora?"

"Sono le quattro."

"Poco male," dice l'Astice, "cantiamo."

"Prego?"

"Un'ora possiamo aspettare," dice l'Elefante, "intanto cantiamo. Astice, hai portato l'armonica?"

Attaccano:

> Arrivano i nostri a cavallo di un caval
> arrivano i nostri con in testa il general
> è il nobile Pancio
> che ha preso lo slancio...

Il guardione comincia a sventagliare gesti in tutte le direzioni, si mette molte mani nei capelli, chiede aiuto agli infermieri che però si dichiarano impossibilitati a intervenire, in quanto portar fuori l'Elefante si configurerebbe come lavoro straordinario.

"Dove dovete andare!" urla alla fine il guardione.

"Camera centonove!" canta il duo.

"Andateci!"

"Non è l'orario!"

"Andateci!"

"Non le piace la musica?"

"Andateci!"

Così un'ora prima degli altri l'Astice e l'Elefante hanno l'onore di essere ammessi al terzo piano al cospetto di Cinzia Cicogna. La quale spiega che dentro la centonove c'è una ragazza, una ragazza bruna: l'ha fatta entrare lei, fuori orario. Approvazione dei due. È Lucia, dicono in coro. E come sta il professore, come sta? Speriamo, dice la Cicogna. L'Elefante, che si è subito innamorato, la prende in braccio con lo sguardo. Poi lei se ne va e loro restano lì ad aspettare, guardando con incredulità il traffico dei puré, dei semolini e di alcune amebe non identificate.

"Ma qui," commenta l'Elefante, "è tutto molle."

"Così non ci si possono suicidare," dice l'Astice.

Gilberto Gufo passa in fretta e lancia un'occhiata a quei due vecchi scandalosamente verticali.

Lucia è seduta vicino al letto di Lucio. Il cavaliere non tiene più la testa alta, solleva ogni tanto le braccia e gesticola. Le cellule ora si divertono a disporsi in un delirio, una sete che non può spegnersi, il fermarsi della deglutizione, altre invenzioni.

"Lucia, vieni. Non voglio stare solo. E Lupetto?" (Ho parlato? Mi hai sentito?)

"Lupetto è nel parcheggio, a giocare a pallone. Non lo fanno salire, ma gli ho detto qual è la tua finestra."

"Oh sì," dice Lucio guardando il soffitto. "Lo vedo. Mi fa piacere. Ha tanto insistito per venire."

"Sì."

"È un ragazzino sveglio. Io non ero così. Ore e ore a guardare la fiamma del gas, le tracce sulla sabbia, a imparare nomi batteri ammophilae scarabei. Giardini enormi, armonia infinita delle api. La zoologia insegna come da un insieme di animali degradati possa derivare un tutto geniale. Musil. E io dico: la storia dell'uomo può insegnare il contrario. Ribaltare, meccanismo fondamentale del logico quindi del comico. Il diverso però non è reciproco. Il nido infinito delle parole, il formicaio. Quanto cammino tra le parole, tra la prima parola e l'ultima! Lapide: nato a 'è maschio' morì a 'ossigeno'. Nostro compito Lucia è impedire che ci rubino le parole e magari nutrire le nuove. A nessuno verrà mai rubato il tesoro delle parole, della scrittura. Una delle poche libertà, si ricordi. Lei ha il grande onore di insegnare per la prima volta... una scuola di grandi tradizioni. Udite ragazzi, la logopea dei nomi che resero grande il paese: canto il loro elenco davanti al vostro, sul registro. Eroi di domani! Leone terzo banco a destra, assente. Porzio imparava tutto a memoria, il suo banco ruotò su se stesso minaccioso, diventò un'ampia scrivania, da lì insegnerà agli uomini che la vita è un reato senza senso. Camaleonte era il più diligente. Federico mistico catechistico. Sandri si offriva volontario per scrivere i buoni e i cattivi... io ingrigivo rapidissimo, chino sui libri, trent'anni passarono in un attimo. Come spiegarlo? Sic volvere parcas. Sandri segaiolo spia, merenda gerundio di...? Lucertola lei che parla là in fondo e fa tanto lo spiritoso, venga subito alla lavagna. Io? Non sono preparato. Tutto ieri a guardare la caffettiera sul fuoco. Non ho potuto. Non sono pronto."

"Non si agiti, professore."

"Stai calma Citerea. Di notte faccio ancora lezione. Artioli Berti Beckett Caboroto Cannovale Capacci ding campanella! Brutti sgorbi foruncolosi, animali della sottoclasse dei ginnasiali, sciagure della necessità ribonucleica, ecco che i vostri accidenti sono andati a segno. Amici!... eppure ci sono state ore... indimenticabili. Come spiegarlo? La testa sotto il braccio, il giardino là fuori, le mie gambe ossute di adolescente. Come ero attento. Come eravate attenti. Cónticuére omnés inténtique óra tenébant. Professore, allora anche noi siamo amortali? No, se continuate a masturbarvi sotto il banco! Lucio ama Lucia. Sandri segaiolo spia leccaculo è inutile che cancelli, domani lo riscriveremo. Ding. Silenzio! La campanella è suonata ma restate lì. L'aragosta tagliata in due si muove ancora, ma non sappiamo in quale mondo. Mondo, non modo. Mondo! Non alzatevi. Vi parlerò di mia moglie Emma. I miei primi anni... passarono rapidissimi, ripeto, come spiegarlo? A sedici anni siete giovani e ridicoli, dopo sarete solo ridicoli. Non ti sento più, Lucia..."

"Venga via signorina. Non c'è più..."

"... niente da scoprire. Le indagini proseguono. Bugiardi. Non importa. Un buon esempio rende il mondo immensamente migliore dicono i cinesi, che raramente muoiono. E neanche Leone l'allegro e Lucia la coraggiosa e Lupetto il curioso e Lucio sul cui stemma sta una caffettiera argento in campo bianco e la scritta: 'nascitur in igne'. Se muoiono, grande gag. Stupore immenso del comico. Lei non crede che compito del comico sia parlare della morte? Lei è matto, spaventa gli scolari! Sono qui per divertirsi, non vede? Faccia una di quelle cose che poi la gente dice un casso avanti ad libitum. Basta, la lezione è finita, tutti fuori in giardino. Vi lascio, in questa città, la città dei miei amici. Che restano. A chi sparate, idioti? Di che avete paura? Professore, mettiamo che uno si sogna di picchiare Carducci, non è che poi deve pentirsi e se per esempio uno sogna di baciarti, Lucia, è successo davvero, l'emozione c'è stata, professore la smetta, non sono cose da dire a bambini futuri manager futuri militi ignoti, lei è pazzo! Ebbene sì.

Voglio vivere ancora duecentocinquanta anni.

Vivere da lucertola, strisciare sui muri al sole, sdraiarmi nel prato a zampe in su e pensare che il cielo non esiste, è un fazzoletto azzurro sugli occhi.

Voglio scappare da scuola, correre ancora nella biblioteca sotto i portici, a leggere i libri che non dovevo leggere, i cui autori ringrazio.

Voglio rivedere le piazze piene di rabbia, e certe sere, seduti sui gradini, a perder tempo. Certe sere in cui sentivi che, in un paese lontano, una fucilata ammazzava uno come te.

Voglio rivedere tutti i miei amori anche quelli cosiddetti sbagliati. E tutti i miei amici in fila.

Voglio imparare a suonare il sassofono, studiare medicina, vedere i marziani. A settant'anni è il minimo.

Voglio sentire tutti in una volta i nodi con cui sono stato

legato al mondo, ogni volta che la mia vita si è incrociata con un'altra. Crollare a terra sotto questo felice groviglio.

La felicità forse è un'altra cosa ma quello che mi è passato sotto gli occhi, questi anni, non lo cambierei con niente. Se parte l'Arca, io non m'imbarco.

Anche se non tutti capiscono perché alcuni vecchi comici diventano così seri, nel mezzo del film. Tagliate, dove non capite, e metteteci la pubblicità.

Sì, tristi confessori delle parole: di nascosto a tutti commisi un peccato lungo settant'anni. Da grande farò il allora l'ho presa tra le braccia sai che stai perdendo i capelli alcuni dei miei amici sono morti età settanta? come? ho detto settanta, portatelo al terzo piano speriamo ding, campanella, no! No, seduti, aspettate ancora qui con me, professore fuori c'è il sole, capisco, allora scrivete sui muri: un uomo buono vale più di mille guerrieri, sì, l'ha detto un poeta morto, qua insegnamo solo poeti morti, siamo troppo invidiosi, scrivetelo sui muri ding fine lezioni e io le ho detto:

insieme,

tutto questo tempo insieme, cara, e adesso in sogno rifaremo quella strada e per una volta conosceremo la verità, niente sarà come prima, così volta per volta sapremo, anche se soffro ora, le aragoste tagliate a metà vanno in due paradisi immensi come il mio corpo adesso io io sono due lettere è il verso di un animale che grida."

Il soffitto gira e si apre lentamente, come il tetto di un osservatorio. Le mani di Lucio si alzano e disegnano linee tra le stelle e le macchie del muro. Da questo geroglifico saprete della mia ricca esistenza e della mia povera civiltà. Decifrerete i rottami delle armi e gli arnesi quotidiani. La mia caffettiera, modello di centrale atomica. Essi vivevano in quaranta metri quadri, si nutrivano, dormivano, morivano. Comunicavano tra loro con parole, una di esse, a volte due, esprimeva il concetto di individualità, di persona, e si chiamava nome soprannome seguiva il nome del casato il patronimico della specie della classe della sottoclasse. Chiamarsi tra loro con questi nomi era una specie di musica con cui i vecchi animali si riconoscevano.

Questo in amicizia, desolazione e nelle quattro diverse stagioni.

C'è il sole fuori!

Questo con la testa sempre china sul banco non si sa mai se pensa o se sta dormendo.

Quindici anni, signor professore.

Non rida. Cinquantacinque anni fa.

Incipit vita nova.

Con un pallone.

Ascolta.

Ding.

Lucia esce dalla penombra della camera, mentre chiude la porta guarda ancora una volta la testa bianca nel letto. La porta taglia per sempre un filo, lei e Lucio schizzano in diverse direzioni nello spazio per migliaia di chilometri. L'Elefante più sandali e l'Astice più pacco dono sono subito lì a chiedere notizie.

"Ha perso conoscenza," dice Lucia, "ma dicono che forse può riprendersi. Stamattina, mi ha detto di salutarvi..."

"E non possiamo entrare?"

"Non credo."

L'Astice è quasi risentito. L'Elefante nella sua semplicità comprende. Lucia se ne va di corsa.

"Piangeva," dice l'Astice.

"No. Aveva gli occhi rossi per la stanchezza."

"Piangeva."

"Un po'."

"Allora vuol dire che la Lucertola è proprio al lumino. Consommé, dicono i latini."

"Ha perso conoscenza non vuol dire che è spacciato," dice l'Elefante ribellandosi agli eventi e alla sintassi, "adesso chiediamo a un medico."

Si mettono in cerca con gli sguardi, uno a destra e uno a sinistra.

"Quali sono i medici e quali gli infermieri?," chiede l'Astice.

"I medici gli uomini gli infermieri le donne?," suggerisce l'Elefante rigorosamente patriarcale.

Passano due biancovestiti con aria sicura. e professionale.

"Scusate, dottori..."

"Siamo portantini."

Spariscono lasciando i nostri nel dubbio. Passa un giovane capelluto con un carrello di medicine. Una suora bianca alta settanta centimetri. Un uomo alto e pallido in vestaglia napoleonica. Una suora nera come un burdigone. Un infermiere che procede su due zoccoloni bianchi e fa rumore di cavallo. Dottori niente.

Finché vedono passare Gilberto Gufo in borghese vicino a un signore vestito di blu. Parlano, e l'Astice cattura un pezzo di conversazione.

"Stasera ci vediamo alla festa di Cornacchia, dottore?" È l'uomo in blu che parla.

"Arriverò tardi, sono pieno di beghe," risponde il Gufo.

L'Astice altro non voleva sapere. Si alza in piedi e urla: "Dottore!"

Si voltano tutti e due. Il Gufo smascherato digrigna: "Cosa urla! Mica siamo al mercato! Qui ci sono dei malati."

"Per l'appunto noi volevamo sapere di uno. Piacere, Arturo Astice. Come sta il malato della camera centonove?"

Il Gufo non nasconde la sua noia e la sua riluttanza, come primario, a occuparsi di cose secondarie. I nostri non nascondono che comprendono e se ne fregano. Anzi l'Elefante sta già facendo di sì con la testa come si fa quando parlano i dottori, e il Gufo non ha ancora aperto bocca. Poi la apre:

"Il malato della centonove è quel vecchio insegnante?"

"Lucio Lucertola."

"Esatto." (pausa) "Beh, signori, settant'anni son settant'anni."

L'Elefante fa sì con la testa ma si aspettava molto di più.

"Se la caverà?" chiede l'Astice.

"Siamo uomini, non indovini," dichiara il Gufo spazientito, "ha una situazione cardiovascolare compromessa, il fisico è debilitato. Cosa mai vogliamo pretendere a settant'anni?"

"Mio padre a ottantadue..." dice l'Elefante, e si accinge a mimare la residua vitalità paterna col braccio destro, poi capisce che il suo contributo all'anamnesi non sarebbe apprezzato.

Il Gufo infatti volta le spalle e se ne va.

"Gentile, vero?" dice l'Elefante.

"Uno zuccherino. Che gli pigli un canchero per ogni canchero che ha visto."

Sbuffano. Intristiscono. Non se ne vanno. Restano davanti a quella porta chiusa, come due cani da guardia. Cambiano gli infermieri del turno e loro sono sempre lì, non hanno voglia di andare a casa. Finché l'Elefante dice:

"Astice, ce l'hai ancora il crème caramel?"

"Certo che ce l'ho."

Ci stanno pensando tutti e due ma non hanno il coraggio di dirlo.

"Si sarà rovinato."

"Ti dico di no."

"Si sarà un po' rovinato."

"Apro e ti faccio vedere."

Il prezioso dono è lì, lingotto tremolante nel lago dello zucchero caramellato. Si guardano.

"A Lucio farebbe piacere," dice soltanto l'Elefante.

"Credo di sì," dice l'Astice, "ma mangiarlo così..."

L'Elefante è già balzato come una gazzella, ha raggiunto un carrello, ha preso un cucchiaio, ha ringraziato, è tornato.

Passa Cinzia Cicogna e vede nel corridoio i due omoni

che sbafano dolce a tutto andare. Riconosce. l'Astice e fa finta di niente. Ripassa invece il Gufo incazzato di fretta verso la festa Cornacchia li vede e urla:

"Ancora qui! Non è più orario di visita!"

All'urlo l'Elefante spaventato molla la scodella, la riprende al volo, ma il dolce mollusco precipita a terra proprio davanti agli occhi della scarpa del primario.

"E questa cos'è?"

"Volevamo dirglielo prima, dottore," dice l'Astice, "il mio amico sputa sempre dei pezzi di quella roba lì. Anche dieci, venti chili al giorno quando gli viene la tosse."

L'Elefante dà una dimostrazione. Strangozza e deposita un altro pezzo di crème caramel sul pavimento.

"Eh, ma che roba!" dice il Gufo.

"A settant'anni, cosa ci vuol fare. E anche l'intestino gli è partito. Vedesse delle volte, per strada, perde degli stronzi che devono venire a spostarli col carro attrezzi."

"Eh, ma che roba!" impallidisce il Gufo.

In quel momento il braccio dell'Astice si stacca e cade al suolo con un rumore sinistro.

"Eh, ma che cazzo!" dice il Gufo.

"È l'età, dottore."

Il Gufo si siede boccheggiando. Prima che si sia ripreso, i due sono già fuori dal Policlinico verso casa, nella città dove tutto è cambiato: è già l'era Cornacchia.

Quella sera Lucia capì che qualcosa era finito, Leone era morto davvero. E non avrebbe più rivisto il suo professore, l'antichissimo professor Lucio Lucertola. Tutta la città tra poco sarebbe sprofondata in mare. Ferie, non apocalisse. Tutto era tornato normale, l'erba sistemata nel giardino del ConDominio, il letto dell'ospedale rifatto, la finestra chiusa nel padiglione più lontano del manicomio. Forse bisognava rassegnarsi, ma troppe erano le cose da fare, e Rosa tornava dal mare quella sera, con chissà quanti racconti. Questa però era solo metà verità. Perciò ora Lucia prende una borsa e se ne va in autobus verso Bessico. Passa tra gli ultimi negozi che stanno chiudendo, cartelli di ferie con arrivederci a settembre, lunghe file di saracinesche abbassate, immagina che anche le scarpe faccian la valigia e se ne vadano a due a due al mare, volando come calabroni. Passa gente sudata, parole luminose, punti di macchine, braccia che sporgono dai finestrini aperti, autoradio accese e pose languide al volante, cielo dipinto di un blu pubblicitario, sole e luna insieme. Così scende nel quartiere Bessico, cammina tra le palazzine deserte e vede accendersi le finestre, sente i discorsi affettuosi, i discorsi incazzati dei pochi superstiti. C'è un muro bianco davanti al ConDominio e Lucia ci si siede davanti aspettando che non ci sia nessuno, ma proprio nessuno in strada.

Mezz'ora dopo davvero non c'è nessuno in strada, tutti in casa per la panoramica finale. Nel ConDominio Bessico sono tre i nuclei familiari invitati alla festa Cornacchia. I rambi Sandri al completo. Gli uomini in smoking avorio ed ebano, grazia del pinguino, magia del cruciverba. La cavaliera è vestita da torta gelato con canditi delle miniere sudafricane. Il cavaliere si infila nella tasca della giacca un gioiello prezioso, un revolver ultrapiatto tedesco, una sogliola da combattimento, non sforma la giacca e ti fa un buco in testa così. Al figlio invece la Beretta fa un bugno antiestetico. La madre glielo sistema con un colpetto.

L'altra invitata, la Varzi, è in cantiere dalle sei del pomeriggio. A settant'anni cosa si vuol pretendere, ma a sessanta il tempo e le rughe le fermeremo col sangue se occorre. Stoica essa si pennella davanti e di profilo, sorride e crac la ruga ribalda riappare, poi un'altra crepa e cede anche il tirante dietro l'orecchio destro, e le sembra che trac le caschi la mandibola e poi trac trac i seni cascan giù e le costole crollano una sull'altra come una tapparella rotta e la rotula rimbalza per terra poi uno scricchiolìo, un gemito e la Varzi si dissolve come Dracula: resta per terra solo un mucchietto di fard.

Ultimo invitato il giovane Strello, cinico e baffuto, indossa una giacca argentata da dentice e ride pensando a quanti sorrisi imbarazzati vedrà e quanti notabili vedendolo si sentiranno il culo nudo e le palle al vento, non sa Strello che nella tasca di uno di loro ci sono foto sue in bianco e nero e losco, se ogni uomo sapesse da quanti ogni giorno viene smascherato, sospira il cane di Edgardo che vive felice e randagio nel quartiere ormai da una settimana. Tra i non presenti alla festa c'è infatti la signora Zecca rifugiata in

Svizzera. Il Lemure è scomparso, quelli della Videostar sono incazzati perché alla festa c'erano un sacco di attrici che forse se lo facevano ffa ma non sono riusciti ad avere l'invito, però un loro amico telefonerà verso le tre di notte e dopo si va da qualche parte tutti insieme a sputtanare il posto precedente e così via fin che giunga l'alba.

Pierina Porcospina ha preparato uno spuntino per la convalescenza del marito, e cioè una fanghiglia protozoica di cavolini e luganiga che il Topo divora a velocità spaventosa. Federì si fa una sega malgrado l'ora insolita (è giovane). Contemporaneamente in un altro quartiere più antico ma egualmente signorile il commissario Porzio sta davanti allo specchio rimirandosi nel completo blu camorra con cui affronterà l'esame del clan Cornacchia. Completano il suo abbigliamento:

1 orizzontale: lo fumavano Churchill e Fidel Castro.

12 verticale: lo sventola chi parte.

16 orizzontale: vola... sulla camicia.

Passando ai suoi subalterni, tutti sono in licenza o servizio ad eccezione di Olla che è con la fidanzata a vedere i sette Samurai al cinema di essai (si legga Samuré ed essé).

Carlo Camaleonte carica la macchina e partirà, perché ha bisogno di riflettere, il suo desiderio è di stare sott'acqua e confidare i suoi dubbi alle cernie: l'importante è andare molto, molto lontano, magari in quei club vacanze dove se non ti diverti ti picchiano. Il Frenatore capo invece è al lavoro poiché "le mie ferie sono il mio lavoro", e sta esaminando il primo storico passo dell'amministrazione Cornacchia, l'obbligo della retina da capelli per i fornai.

O notte della città nella grande pianura nel paese che naviga nel mare, o sentimento di vertigine legato non già alle stelle numerose e inutili, bensì al dilagare del Made in Italy nel mondo sotto forma non più di sgraziati emigranti ma di bellissimi silenziosi vestiti, fuga aerea di fantasmi di seta, grande volo dell'ingegno italico, ecco le nostre idee non più in libertà ma in cotone, cotone leggero e carezzevole come lo stile della collezione di che cazzo me ne frega dice l'Elefante triste pensoso su una poltrona e non mangia, e invano l'Elefantessa lo tenta con sette veli di bresaola. E nei monti vicini l'Astice beve e si sbronza e anche lui apre la televisione, c'è il Grande Porcello che parla, allora fuori, aria. La Giraffa sfrattata mangia sola in una trattoria per giraffe sole con bicchieri altissimi. La Talpa va alla finestra perché è una sera ideale per astronavi. Lupetto stanco morto in dormiveglia sente che il mondo tutti i giorni perde un pezzo prezioso, e bisogna subito sostituirlo. Rosa torna dal mare. Lucia apre la sua borsa misteriosa.

È proprio in quel momento che Lucio si addormenta quella famosa volta di più e nel sogno è davanti a via Bessico. Guarda le finestre una a una e ha un momento di paura, poi si fa coraggio e aspetta. Ora saprà chi è stato, ma non lo potrà dire: eppure anche lui, come Leone, deve dare il buon esempio. Un'ombra si allunga dietro i vetri. Si sente il rumore di un fucile che carica. Quante stelle. Si apre di colpo una finestra.

Entra un poco di vento fresco, il primo dopo tanti giorni di calura. Oreste copre con un lenzuolo il professore. Sul comodino c'è un pacchetto per lui. I libri incartati, e il suo nome "Oreste" in bella scrittura.

"Se non riusciva neanche più a respirare," dice un giovane dottore esaminando il pacco, "come avrà fatto?"

"Complimenti professore," dice Oreste. Va alla finestra. Come nel dipinto cinese si sporge e vede un bambino che gioca a pallone. Come nel dipinto, il bambino guarda in su e saluta.

Quella notte nel quartiere del fiume nessuno dorme. Tutti si godono il fresco preistorico. La luce del bar illumina i vecchi animali, le stelle illuminano la savana. L'Elefante suona sul bicchiere un concerto dodecacocalicifonico. La Giraffa dorme sul biliardo, approccio responsabile al problema degli alloggi. Mottarello nero e splendente sonnecchia avvolto nei tappeti, sembra un re magio.

"Stasera è particolarmente pieno di astronavi," dice l'Astice.

"Sicuro. Somigliano alle stelle ma sono molto, molto diverse," fa la Talpa.

"Bisogna farci l'occhio."

Stanno un po' in silenzio. Ma non è silenzio. È rumore di camion lontani, conversazioni marziane, passi di gatto, fruscio che fanno le tende dei sogni.

Mottarello si sveglia e intona una nenia nania del suo paese.

"Abdul, per te," chiede l'Astice, "stasera è freddo o caldo?"

"Si sta bene," dice Mottarello, e riprende la nenia nania.

"Cosa dicono le parole?"

"Canzone di mio paese, Eritrea. Storia di un leone del

fiume Magib. Ma non ci sono parole per tradurre in vostra lingua."

"Il professore ci riuscirebbe," dice l'Astice, "lui sa tutto. In questo momento saprebbe dirti cosa fanno i cinesi uno per uno."

"Un'astronave," urla la Talpa, "l'ho vista, è scesa giù dal benzinaio dell'autostrada."

"Ha fatto bene, è l'unico aperto," dice l'Astice.

Dal manto della notte ecco apparire le perle più luminose, Lucia e Rosa.

"Dove siete state?"



Stamattina gli abitanti di via Bessico svegliandosi hanno trovato sul muro di fronte la scritta LEONE in lettere rosse alte due metri. Tutti quelli che passano ci pensano un po', e ricordano che è il ragazzo morto ammazzato.

Quando glielo hanno detto, Lupetto ha fatto un salto. Dopo vado a vedere, pensa. E se la cancellano sai quante volte la rifaccio. Magari non lettere alte due metri, dipingerò fin dove arrivo. Prima però devo passare dall'ospedale. Magari Lucio si affaccia alla finestra e non mi vede giocare. Non ne ho tanta voglia ma a lui fa piacere. Per un amico si fa. Questo affinché un giorno dicano che questi animali erano capaci di grande solidarietà. Lupetto scende in strada, e sul prato si rincorrono quattro leoni. Chissà se giocano o sono arrabbiati. Ogni tanto uno si ferma, col respiro affannoso per la corsa, riprende fiato poi riparte.

Nel libro di scuola per bambini che illustra quest'era lontana il bambino della storia cammina nel paesaggio minuscolo, tra grandi palazzi e felci, e i colori sono come dovevano essere quelli originali, o almeno come i colori dei reperti passati attraverso il tempo, e giunti fino a noi. Colori per cui abbiamo amato quel paesaggio. E che ci danno, anche ora, differenti felicità in ogni stagione.

# INDICE

# Ultimi volumi pubblicati in "Universale Economica"

Michel Foucault, *Antologia*. L'impazienza della libertà. A cura di Vincenzo Sorrentino

Volker Ullrich, *1945. Otto giorni a maggio*. Dalla morte di Hitler alla fine del Terzo Reich

Emily Mignanelli, *Non basta diventare grandi per essere adulti*. Come smetterla di essere figli e prendere in mano la nostra vita

Massimo Recalcati, *La tentazione del muro*. Lezioni brevi per un lessico civile

Edoardo Sanguineti, *Capriccio italiano*. Prefazione di Erminio Risso

Alessandro Baricco, *Una certa idea di mondo*

Bernhard Moestl, *Kung-Fu e l'arte di passare all'azione*. Supera le tue paure, agisci come uno Shaolin

Ezio Mauro, *Anime prigioniere*. Cronache dal Muro di Berlino

Nicolas Barreau, *Gli ingredienti segreti dell'amore*. Con il Menu d'amour e la Guida alla Parigi di Aurélie

Giuseppe Mazzini, *Pensieri sulla democrazia in Europa*. A cura di Salvo Mastellone

Rupert Sheldrake, *Le illusioni della scienza*. 10 dogmi della scienza moderna posti sotto esame. Nuova edizione aggiornata

Roj A. Medvedev, Žores A. Medvedev, *Stalin sconosciuto*. Alla luce degli archivi segreti sovietici. Postfazione di Andrea Panaccione

Emiliano Poddi, *Le vittorie imperfette*

Ivana Castoldi, *Donne al bivio*. Come tornare protagoniste della propria vita, dopo i quarant'anni

Katja Galimberti, *Nietzsche*. Una guida

Elisa Ruotolo, *Ovunque, proteggici*

Giovanni Testori, *Trilogia degli scarozzanti*. L'Ambleto - Macbetto - Edipus. Prefazione di Michele Masneri

Colum McCann, *TransAtlantico*

Giovanni De Luna, *Le ragioni di un decennio*. 1969-1979. Militanza, violenza, sconfitta, memoria

Raffaele Cantone, Enrico Carloni, *Corruzione e anticorruzione*. Dieci lezioni

Antonio Tabucchi, *Il gioco del rovescio* e altri racconti

Manuel Scorza, *La danza immobile*
Dave Eggers, *La parata*
Elena Dallorso, Francesco Nicchiarelli, *Signoramia*
Lorenzo Marone, *Tutto sarà perfetto*
Alessandro Leogrande, *Le male vite*. Storie di contrabbando e di multinazionali. Prefazione di Gianfranco Bettin
Paolo Crepet, *Le dimensioni del vuoto*. I giovani e il suicidio
Giovanni Borgognone, *Storia degli Stati Uniti*. La democrazia americana dalla fondazione all'era globale. Nuova edizione aggiornata
Didier Van Cauwelaert, *Le emozioni nascoste delle piante*. Come si esprimono, comunicano e interagiscono i vegetali
Germano Celant, *Artmix*. Flussi tra arte, architettura, cinema, design, moda, musica e televisione
Ma Jian, *Spaghetti cinesi*
Nadia Fusini, *Possiedo la mia anima*. Il segreto di Virginia Woolf
Emilio Minelli, Fabrizia Berera, *Il linguaggio segreto dei sogni*. Guida all'interpretazione psicosomatica dei sogni
Carlo Cottarelli, *Pachidermi e pappagalli*. Tutte le bufale sull'economia a cui continuiamo a credere
Didier Pleux, *In famiglia comando io!* Riconoscere e fermare per tempo il bambino tiranno
Giorgio Bocca, *Togliatti*. Prefazione di Luciano Canfora
Rosella Postorino, *Le assaggiatrici*
Wlodek Goldkorn, *L'asino del Messia*
Kaho Nashiki, *Un'estate con la Strega dell'Ovest*. E altri racconti
Rosella Postorino, *L'estate che perdemmo Dio*. Nuova edizione rivista dall'autrice
Isabel Allende, *Il mio paese inventato*
José Saramago, *Del resto e di me stesso*
Alejandro Jodorowsky, *La vita è un racconto*
Erri De Luca, *Impossibile*
Chiara Gamberale, *L'isola dell'abbandono*
Isabel Allende, *Lungo petalo di mare*

Zeruya Shalev, *Una relazione intima*. A cura di Elena Loewenthal

J.G. Ballard, *Hello America*

Miyamoto Musashi, *Il libro dei cinque anelli*. Gorin no sho

Simonetta Agnello Hornby, *La Mennulara*. Nuova edizione rivista e accresciuta

Daniel H. Pink, *When*. I segreti della scienza per scegliere il momento giusto

Alessandro Vanoli, *Strade perdute*. Viaggio sentimentale sulle vie che hanno fatto la storia

Sibilla Aleramo, *Il passaggio*. A cura di Bruna Conti

Eva Cantarella, *Come uccidere il padre*. Genitori e figli da Roma a oggi

Romain Gary, *L'angoscia del re Salomone*. Con un saggio conclusivo di Luca De Angelis

Claudia Piñeiro, *Le maledizioni*

Maurizio Maggiani, *L'amore*

Nicolas Barreau, *La donna dei miei sogni*

Massimo L. Salvadori, *Democrazia*. Storia di un'idea tra mito e realtà

Alì Ehsani, Francesco Casolo, *I ragazzi hanno grandi sogni*

Yoshida Shūichi, *Appartamento 401*

Manuel Scorza, *Storia di Garabombo, l'Invisibile*. Seconda Ballata

Jacopo Perfetti, *Inventati il lavoro*. Una guida pratica e originale per costruirsi una professione a prova di crisi

Antonio Tabucchi, *Di tutto resta un poco*. Letteratura e cinema. A cura di Anna Dolfi

A.M. Homes, *Che Dio ci perdoni*

Nadine Gordimer, *Un'arma in casa*

Antonino De Francesco, *La palla al piede*. Una storia del pregiudizio antimeridionale

Guido Tonelli, *Genesi*. Il grande racconto delle origini

Jörn Klare, *Demenza senile*. Il giorno in cui mia madre non riuscì più a trovare la cucina

Pema Chödrön, *Vivi nella bellezza*

Vandana Shiva con Kartikey Shiva, *Il pianeta di tutti*. Come il capitalismo ha colonizzato la Terra

Pascale Chapaux-Morelli, Eugenio Murrali, *Vincere le delusioni*. Contromosse per superarle e non farsi avvelenare la vita

Concita De Gregorio, *Nella Notte*. Una storia di potere

Ayelet Gundar-Goshen, *Svegliare i leoni*

Alessandro Chelo, *Il dono dell'imperfezione*. Esplorare i limiti per trovare i talenti

Daniel Kehlmann, *Il re, il cuoco e il buffone*

Stanley Booth, *Le vere avventure dei Rolling Stones*. Prefazione di Greil Marcus

A.M. Homes, *In un paese di madri*

Yu Hua, *Il settimo giorno*

Giovanni Testori, *In exitu*. Prefazione di Sonia Bergamasco

Michel Foucault, *Scritti letterari*. A cura di Cesare Milanese

Michel Foucault, *Bisogna difendere la società*. Corso al Collège de France (1975-1976)

Golnaz Hashemzadeh Bonde, *Un popolo di roccia e vento*

Maylis de Kerangal, *Corniche Kennedy*

'Ala al-Aswani, *Sono corso verso il Nilo*

Bruno Cartosio, *Verso Ovest*. Storia e mitologia del Far West

Charles Willeford, *Tiro mancino*

Abhijit Banerjee, Esther Duflo, *L'economia dei poveri*. Capire la vera natura della povertà per combatterla

Tali Sharot, *Ottimisti di natura*. Quando vediamo il bicchiere mezzo pieno

Pino Cacucci, *Vagabondaggi*

Elias Khoury, *Specchi rotti*

Manuel Vázquez Montalbán, *Carvalho indaga*

Dave Eggers, *Zeitoun*

Concetto Vecchio, *Cacciateli!* Quando i migranti eravamo noi

Gianfranco Damico, *Le emozioni sono intelligenti*. Esercizi per allenare il cuore e la mente

Aboubakar Soumahoro, *Umanità in rivolta*. La nostra lotta per il lavoro e il diritto alla felicità

Ottessa Moshfegh, *Il mio anno di riposo e oblio*

Amos Oz, *Cari fanatici*

Alejandro Jodorowsky, *Metaforismi e psicoproverbi*

Franz Bartelt, *Hotel del Gran Cervo*